羅展明、趙婉君 ◎著

力得文化
Leader Culture

英文文法

顯微鏡

MISTAKES

鎖定10大易犯錯誤&易混淆語法
「放大檢視」＋「矯正」文法概念

結合10大文法精華概念，搭配能聚焦
10大易犯&易混淆之「文法」、「用字」、「標點符號」錯誤的
「超強倍數」英文文法顯微鏡 誕生了！

循序漸進的G.E.T.學習方式
「放大檢視」＋「矯正」文法概念 一次GET！

➕ **Grammar：**
透徹解析**10大**基礎文法概念→涵蓋各詞類與五大句型的文法說明，幫助讀者理解並奠定**準確的文法概念**。

➕ **Errors：**
細微檢視**168組**常見英文錯誤→迅速掃描並鎖定國人常犯英文錯誤，
引領讀者藉由**條列**、**表格**上的**精闢說明**糾出錯誤根源，進而吸收**正確用法**。

➕ **Tests：**
親自練習**100題**單元評量→擺脫陳年語法毛病，加強、落實**觀念矯正**，立即掌握**學習成效**。

Common Mistakes in English

作 者 序

　　還記得自己第一次認真上英文課時是在高中的課堂中，我發現自己真的聽懂老師在講什麼的原因是：我能把課本上的英文句子跟老師說的翻譯還有文法對在一起，那時候英文對我來說不再是無字天書，而是可以傳達知識、訊息的語言。仔細回想，原來學英文第一步是要看懂語意，舉例來說，當你發現自己在試著理解「What you eat has a significant effect on health.」時，你會先分析句子的邏輯：「某某東西造成某某結果」，再來在拆解它的文法：由主詞What you eat、動詞片語has a significant effect on、受詞health所組成，最後當你了解句子的架構時，你就可以去組合每個字的語意（這個時候查單字才是有效率的），由此可見英文文法對於語意理解之重要性，因此本書挑選出幾個常見的英文文法，並考慮到語言的多樣性與獨特性，每單元先以基本的文法架構開始介紹，再於單元後以「英文文法顯微鏡」的方式，提供讀者更多例子，讓讀者可以一窺每個單字、每種文法在使用上的差異性與正確性。

趙婉君

編 者 序

《英文文法顯微鏡》的聚焦特色有：

『一看就懂的文法概念說明』

　　學習英文文法首重深耕正確觀念，6大詞類加上4大文法的基礎觀念，加上重點提示、表格與例句，跳脫長篇大論的文字說明，加強文法記憶點。有效地迅速掌握80%的英文文法，簡單的英文寫作、閱讀和口語表達也不是問題。

『精心整理出10大關鍵易犯錯誤與易混淆文法』

　　減輕學習者的負擔，並特別規劃《常見錯誤顯微鏡》單元，帶領讀者切入常見錯誤，提升英文文法自信心。有效利用時間達到最好的學習效果。

『自我評量單元練習題』

　　透過選擇、是非、填空、合併句子的方式，確實矯正文法錯誤，和NG文法Say Goodbye。

『學習步調可自行調整』

　　就從每篇的《常見錯誤顯顯微鏡》率先著手，自我挑戰英文文法觀念。並佐以詳盡的解析以有效校正根深蒂固的錯誤文法概念。不斷加強練習更能收到實際效益！

編輯部

目次

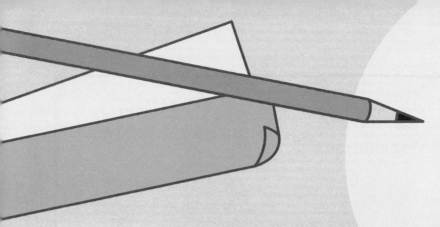

　　「名詞」可說是學習英文文法時，經常、甚至是一開始就要接觸的，重要性和「動詞」相比不遑多讓；回顧過去的學生時光，依稀想起教課書、老師一再說明單數名詞轉換成複數的規則，碰上單字的子音母音，字尾是要加s、es、還是去 y 加 ies、不能加 s？……但，除了這些有跡可循的規則外，又有什麼好方法能徹底了解「名詞」的祕密，避免常見的名詞單複數錯誤呢？現在就翻開《英文文法顯微鏡》的第一單元《單複數》，一起搞懂各種名詞的特質吧！

Chapter 1 單複數
Singulars vs. Plurals

● 單複數的語用功能

● 單複數的表現形式

● 「可數名詞」與「不可數名詞」如何定義

● 常見單複數錯誤顯微鏡

● 「可數名詞」與「不可數名詞」根據「語意」來決定

● 單元練習

● 單元練習解析

Chapter 1

單複數
Singulars vs. Plurals

✎ 單複數的語用功能

一看到「單複數」，就要聯想到「名詞」，名詞表示「人、地點、事物等」，在英文文法中，「名詞」通常當主詞或是受詞，而我們在使用時，必須明確的表示到底是「幾個人、幾個地點、或幾件事情」，就像買東西一樣，一個跟兩個的價錢是有差的；在溝通中也一樣，「數量」在語意的傳達上是一大重點，會影響聽話者的感受或決定。

單複數的語用功能會在下頁以在中、英文中的慣用方式來做比較。

單複數的表現形式

中文

「你」是指對方,「一個人」的概念,為單數。

「你們」也是指對方,是「多個人」的概念,為複數。

「東西」是指抽象的事物,可以代表「一個」、也可以代表「多個」。

解析: 根據以上的例子,我們可以歸納出使用中文描述事物時,不管是「一個」或是「多個」,我們都會使用一樣的字詞,例如:衣服、東西、飲料,但是在指稱對方時,我們加了一個詞綴(affix)「們」,例如:他們、你們,用來代表「多數的意思」。

英文

在英文中，我們用 You/he/she 來指稱對方，又稱為代名詞（pronoun）；而在選字上，需根據對方的人數，來做變化。

★ 代名詞的單複數變化屬於不規則變化，需特別記憶。

代名詞	單數	you	I	he/she
	複數	you	we	they

★ 英文的普通名詞中，單複數變化較具有規則性，當你要表達「名詞的複數」時，最常見的就是在字尾加上詞綴「-s 或 -es」，其他例子如下表：

普通名詞（單數）	普通名詞（複數）	中文	文法解析
journal	journals	期刊	字尾直接加詞綴 s。
cup	cups	馬克杯	
dish	dishes	菜餚	字尾「發音」以 [s] [z] [ʃ] [ʒ] [tʃ] [dʒ] 結尾時，則加詞綴 es。
address	addresses	地址	
story	stories	故事	字尾「字母」是「子音 +y」，則去掉 y 加上 ies。
essay	essays	論文	* 若字尾「字母」是「母音 +y」則直接加 s。
shelf	shelves	架子	字尾「字母」以 -f/-fe 結尾，則去掉 -f/-fe 加上 -ves。
knife	knives	刀子	

★英文中「單數」跟「複數」有時候是以一樣的形態出現：

（單數）	（複數）	中文
species	species	物種
offspring	offspring	子孫
trout	trout	鱒魚

★英文中「單數」跟「複數」有時候會「不規則」的形態出現：

（單數）	（複數）	中文
child	children	孩子
mouse	mice	老鼠
tooth	teeth	牙齒

✎ 「可數名詞」與「不可數名詞」如何定義

1. 有時候我們在決定要使用名詞的「單數」或是「複數」時，所要考慮的不僅僅只是「數量」，還需考慮「名詞的本質」以及「名詞所要表達的語意」：

★ 名詞的「本質」，也就是這個名詞是屬於「可數名詞」或是「不可數名詞」。

★ 名詞所要表達的「語意」。儘管英文的詞綴為 –s/-es，但有時候這並不是代表「名詞複數」，而要依「語意」來決定。

2. 名詞的本質和「可數名詞」與「不可數名詞」的概念解析：

★ 在英文中表示「事物」的「名詞」，有些是實際的成品（如：pencils 鉛筆），此為「可數名詞」。有些是抽象的想法（如：advice 建議）；有些是物質（如：wood 木柴）；有些名詞則涵蓋了某個體的集合（如：machinery 機械），在英文中表示「食物、液體、氣體、物質或原料、抽象的概念、集合的概念」通常為「不可數名詞」。

★ 「抽象名詞」用來表達情感或概念，是一種沒有實體的抽象概念；「抽象名詞」大多為「不可數名詞」，例如：brilliance （*n.*）才智；才華、humor（*n.*）幽默感、integrity（*n.*）正直等。

★「物質名詞」代表可以看到、感受到的實際事物，但指原料、現象時屬於「不可數名詞」，例如：scenery（*n.*）風景、sunshine（*n.*）陽光、thunder（*n.*）打雷、lightning（*n.*）閃電。

常見單複數錯誤顯微鏡

The scene in Taiwan is marvelous.（×）
The scenery in Taiwan is marvelous.（○）
台灣風景令人讚嘆。

解說 ▶▶ scene 與 scenery 的差異在於 scene 多指某一特定
或是具體場所的「景色」或是「場景」，例如可以指
城市或是鄉間、室內或室外、靜態或是動態的景色。
而 scenery 總稱風景，是不可數的名詞。通常是用
於指某個國家或是地區的自然風景，並且是指「美麗
的」、「秀麗的」風景。

We'll play baseball out in the sunshines.（×）
We'll play baseball out in the sunshine.（○）
我們要在外頭陽光下玩棒球。

解說 ▶▶ sunshine 是不可數名詞。

Most children are afraid of thunders and lightnings.
（×）

Most children are afraid of thunder and lightning.
（○）

大多數孩子都怕打雷跟閃電。

解說 ▶▶ thunder 和 lightning 都是不可數名詞。

★「集合名詞」用來涵蓋一個整體的事物，是其中一種常見的「不可數名詞」，例如：clothing（n.）衣服、 furniture（n.）家具。

We brought enough clothes to protect us from cold.
（×）

We brought enough clothing to protect us from cold.
（○）

我們帶了足夠的衣物作為禦寒之用。

解說 ▶▶ 這裡是統稱衣物，用 clothing 較為恰當。clothes 指的是一件一件的衣服。

We dumped some furnitures when we moved.（×）

We dumped some pieces of furniture when we moved.（○）

我們搬家時丟棄一些傢俱。

解說　　furniture 是不可數的集合名詞，所以不能加 s，必須在前面加上量詞，例如此句中的 piece。

「可數名詞」與「不可數名詞」根據 「語意」來決定

我們第二語言學習者所熟悉的「文法規則」，其實是語言學家們在 龐大的「語言使用情境中」所歸納出的大方向，但是這個規則，卻 不能套用在所有語言用法中。

以名詞為例，很多單字本身既是「可數名詞」亦是「不可數名詞」， 端看語言使用者想表達什麼意思，例如：glass 玻璃／glasses 眼 鏡。下面為幾個常見，但易混淆的名詞。

1. water（*n.*）水

★ 當「不可數名詞」時指的是水域（an area of water），地球 上的水（存在在河流、湖泊、海洋中）。

★ 當「可數名詞」時指的是在特定區域中的水（water in a particular place），例如某地因水患而產生的湖泊。

> After typhoons, we usually see floodwater everywhere.（×）
> After typhoons, we usually see floodwaters everywhere.（○）颱風後，我們通常可見到多處水患。

解說 ▶▶ waters 可以指「水域」或多處的「水患」。

17

2. work（*n.*）工作、作品、工廠

★當「不可數名詞」時指的是工作（job that a person does especially in order to earn money），特指付出勞力或是心力賺取薪水的工作。

★當「可數名詞」時指的是作品（a book, piece of music, painting），例如：書本、藝術、音樂等，亦可指工廠，特指生產東西的工廠（a place where things are made or industrial processes take place），例如：製藥廠、製帽廠等等。

> It used to be a toy work, mainly manufacturing dolls. （×）
>
> It used to be a toy works, mainly manufacturing dolls.（○）
>
> 這是一間玩具工廠，主要生產洋娃娃。

解說 ▶▶ 一間玩具工廠是 a toy works。

3. convenience（*n.*）方便、便利設施

★當「不可數名詞」時指的是方便性（the quality of being useful, easy or suitable for somebody），最好的舉例就是飯店或餐廳的服務，他們賣的服務品質，這個時候要以不可數名詞呈現。

Delivery times are arranged at your conveniences.（×）

Delivery times are arranged at your convenience.（○）送餐時機依您的方便來安排。

解說 convenience 在這一句當中指的是方便性，所以是「不可數名詞」。

★當「可數名詞」時指的是便利設施（something that is useful and can make things easier or quicker to do, or more comfortable），也就是便利生活的東西或是裝置，例如英文中所提到的 modern conveniences 即是指便利生活所需的一些設施，在這裡要特別提到的是 modern conveniences 因時代的變遷指的也有所不同，例如像是電力在 19 世紀末還被認為是現代化設備中的一項，但時至今日則被認為生活必需，未被列入為現代化設備中。現代人心目中的現代化設備大多是指中央空調、洗碗機、微波爐等。

They live in the mountains to shun modern convenience.（×）

They live in the mountains to shun modern conveniences.（○）

他們住在山上以閃避現代化的便利。

解說 ▶▶ conveniences 是普通名詞，要用複數。

4. 英文中有一個詞類叫做「慣用語」，也就是 idioms，慣用語通常為片語，而其語意通常會跟字詞原本的意思不一樣，因此在使用上並不能因為使用者想表達其「數量」多寡就任意增加表示複數的詞綴 -s/-es。

★ 例如，hand（n.）手、幫助，為可數名詞，但是慣用語 by hand（idioms）人為的，即跟手沒有直接關係，而是指某件事情由人來完成的。

The rug was made with hands.（×）

The rug was made by hand.（○）

這塊地毯是手工作的。

解說 ▶▶ by hand 的英文解釋是 without the use of a machine（沒有使用機器），亦即為手工製作，這是慣用語（片語）的使用。

單元練習

選擇題

( ) 1. The artist puts a lot of effort into his _____,
and his _____ are excellent.

Ⓐ work/ works

Ⓑ works/ work

Ⓒ work/ work

Ⓓ works/ works

( ) 2. I want to make Green Tea Latte, please stop by
the grocery store and get some _____.

Ⓐ teas and milks

Ⓑ tea and milks

Ⓒ tea and milk

Ⓓ teas and milk

( ) 3. The street is full of _____.

Ⓐ traffic

Ⓑ trafficking

Ⓒ trafficker

Ⓓ traffics

(　) 4. Ann: Who _____ in the car?

　　　Ted: My _____ are.

　　Ⓐ are/ parents

　　Ⓑ is/ parent

　　Ⓒ is/ parents

　　Ⓓ was/ parent

(　) 5. Do not cast _____ before _____.

　　Ⓐ pearls/ swines

　　Ⓑ pearls/ swine

　　Ⓒ pearl/ swine

　　Ⓓ pearl/ swines

( ) 1. Due to the official's avarice, he caused great damage to the government.

( ) 2. They teacher gave us a lot of assignment.

( ) 3. need some pantyhoses.

( ) 4. It's just within walking distance.

( ) 5. All the cabin crew returned to their seats for landing.

( ) 6. Here's the copy of all the informations you want.

單元練習解析

選擇題

1. A

這個藝術家放很多心力在他的工作上,而他的作品也的確很優秀。

解析:作時為不可數名詞,而表示作品時則當作可數名詞使用。

2. C

我想泡抹茶拿鐵喝,你可以去雜貨店幫我買些茶葉跟牛奶嗎?

解析:食物為不可數名詞,不加表複數的詞綴 -s/-es。

3. A

街上大塞車。

解析:traffic 為交通,不可數名詞;trafficking 為非法交易之意;trafficker 即人口販子。

4. C

安:誰在車裡?

泰德:我父母。

解析:who 當主詞,用單數動詞,parent (*n.*) 父母,parent 當單數使用時為爸爸或媽媽其中一人，而 parents 當複數使用時為爸爸與媽媽兩者。試題中 are 需搭配複數主詞 parents。

5. B

不要在豬面前拋擲珍珠，此語出自聖經，相當於「不要對牛彈琴」。

解析：swine（n.）豬，單複數同形，其他單複數同形的名詞 還 有 sheep、deer、 grouse、carp、salmon、aircraft……等；而 pearl（n.）珍珠，為可數名詞，在此句中以複數形式出現。

是非題

1.（○）

由於這官員的貪婪，使政府蒙受重大損失。

> **解析**：damages 是指「賠償金」；指「損失」時，為不可數名詞，字尾不可加 s。

2.（×）

老師給了我們一大堆的作業。

> **解析**：assignment 為可數名詞，用複數。

3.（×）

我要一些褲襪。

> **解析**：pantyhose ＝ pantihose ＝褲襪的複數型。（美式英語）

4.（○）

走路就可以到的距離。

> **解析**：distance 前不用冠詞。

5.（○）

所有機組人員返回座位並準備降落。

> **解析**：crew（機艙或船艙服務人員）為不可數名詞，單複數同形。

6.（✕）

這是所有您要的資訊。

解析：information（訊息，不可數名詞）；informations

（詢問處，可數名詞）。

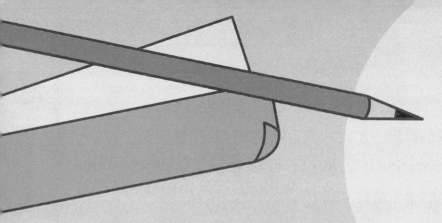

　　「冠詞」和「定冠詞」要如何區分？簡單來說冠詞是指「a/ an」；定冠詞則是指「the」。冠詞的使用時機和規則或許人人都不陌生，可數名詞前可加上 a/an，如：an apple、an hour、a cup、a cat，只要字首發音依循子音就放 a；母音就放 an。但最讓人頭痛、也最容易犯錯的是定冠詞「the」，能用、不能用的時機是什麼？有沒有規則可循？《常見定冠詞錯誤顯微鏡》單元中的錯誤黑名單你都有安全避開嗎？現在就翻開第二單元《冠詞與定冠詞》，一窺冠詞與定冠詞的祕密吧！

Chapter 2 冠詞與定冠詞
Articles & Definite Articles

- 英文中為什麼需要冠詞與定冠詞呢？

- a/ an 在使用上的區別，以第一個字母的發音來決定

- 冠詞 a/ an 的常見用法

- 常見冠詞錯誤顯微鏡

- 定冠詞 the 的常見用法

- 常見定冠詞 the 的錯誤顯微鏡

- 單元練習

- 單元練習解析

Chapter 2 冠詞與定冠詞
Articles & Definite Articles

英文中為什麼需要冠詞與定冠詞呢？

它們放在名詞之前，為了詳細描述其修飾之名詞。

「a/an」在中文裡的解釋有很多，它可以是「一本、一隻、一位、一輛、一根……等」甚至是在當不清楚要用怎樣的量詞去形容這個物品時，我們常會說的「一個」，也可以被認為是「a/an」的解釋。

而「the」在中文裡則被解釋為是「這、那、這些、那些」，還包括了一個「嗯……就是要加 the 啊」，同常是用在有限定、指定、特定的時候。「a/an」與「the」相關的比較，請看下面的比較。

1. 「冠詞 a/an」與「定冠詞 the」的語用區別又是什麼呢？

★冠詞 a/an

位置：可置於「單數名詞」之前，表示一件「之前沒有提到過」的「物件」或是「事情」。

現在請想像在辦公室中，秘書跟老闆說：
Sir, there's a visitor for you.
先生，您有一位訪客。

例句中秘書使用 *a visitor*，表示這位訪客是沒有預約過的臨時訪客。

★冠詞 the

位置：可置於「單數名詞、複數名詞、不可數名詞」之前，表示一件或多件「已經提到過」的「物件」或是「事情」。

請再想像在辦公室中，秘書跟老闆說：
Sir, the visitor is at the office now.
先生那位訪客正在辦公司等您。

例句中秘書使用 *the visitor*，表示秘書跟老闆都知道這位訪客的身分，可能之前已經討論過這位訪客，也就是說使用 the 的時機是，說話者跟聽話者都意指同一個人或同一件事情。

a/ an在使用上的區別，以第一個字母的發音來決定

1. 當「名詞」第一個字母為發音為「子音」時，冠詞用 *a*：

例如：

★ a purse [pɝs] 一個女用皮包

★ a necklace [`nɛklɪs] 一條項鍊

★ a diamond ring [`daɪəməndrɪŋ] 一個鑽石戒指

2. 請注意，如果「名詞」第一個字以「母音為字母」開始，而卻為「子音發音時」時，如 **universe [`junəˌvɝs]** 宇宙，在冠詞選擇上還是 *a*：

例如：

★ Can you believe that a universe comes out of nothing?
你相信宇宙是由塵埃所形成的嗎？

3. 當「名詞」第一個字母為發音為「母音」時，冠詞用 *an*：

例如：

★ an apple [`æpl̩] 一顆蘋果

★ an umbrella [ʌm`brɛlə] 一把雨傘

★ an interesting movie [`ɪntərɪstɪŋ`muvɪ] 一部有趣的電影

4. 請注意，英文中的「縮寫名詞」，若第一個字母發音為「母音」，冠詞選用 *an*：

例如 ：

★ An IP camera is a type of camera that transfers data through internet.

網路攝影機是可以利用網路來傳輸資料的機種。

*Internet Protocol(IP) 泛指網路協定。

5. 根據英文的演變，當字母第一個字以 h 開頭時，h 不發音，在此狀況下，**hour[aʊr]**（小時），第一個音節為「母音」，冠詞選擇上為 *an*，如下列例句：

★ I can get this done in an hour.

再一小時我就可以完成了。

heir[ɛr]（繼承人、子嗣），h 一樣不發音，所以冠詞選擇為 a。

★ He's eager to have an heir to inherit his great fortune.

他極為渴望能有個子嗣以繼承他的萬貫家產。

冠詞a/an的常見用法

1. a/an 放在可數名詞之前,用來修飾說話者第一個提到的名詞:

★ Peggy is a friend of mine.
蓓姬是我其中一位朋友。

2. a/an 代表任一個、每一個,英文意思為 **any; every**:

★ A puppy is never a dangerous animal.
小狗從來不是危險的動物。

3. a/an 放在數量詞前代表每一個,英文意思為 **per**:

★ The boat was sailing at 40 miles an hour.
這艘船正在以 40 英里的速度行駛。

4. a/an 放在人名之前,表示某人跟某人氣質或行為相似,或是表示一個從未提到的人物。

★ Look at our cute little baby! It is a little John.
看看我們的小寶貝!他根本就是小小強尼。

★ Sir, a Mr. Huang is on the line.
先生,有一位黃先生找您。

5. a/an 放在某個日子或星期之前,表示特定的節日。

★ Grandma's funeral was held on a Tuesday.
奶奶的葬禮是在那個星期二舉行的。

6. a/an 用來指示群體中的其中一個，即 **someone/ something is a member of a group** 之意。

★ Her new purse is a CHANEL.

她的新包包是香奈兒。

7. 當 a/an 表示數量，例如：一個、一隻等「非二個以上」的數量時，語意等同於 **one**。

★ Vitoria study abroad in Paris for a year.

= Vitoria study abroad in Paris for <u>one year.</u>

維多莉亞將到巴黎留學一年。

8. a/an 不完全能替代 **one** 的用法，請參考下列簡短對話：

★ Vitoria: What do you do for living?

Olivia: I am <u>an architect</u>.

Victoria: My brother is also an architect. Before I know you, he is the only <u>one architect</u> I know.

翻譯

維多利亞：你的職業是什麼？

奧莉維亞：我是位建築師。

維多利亞：我哥哥也是一位建築師。在我認識你之前，他是我

唯一認識的建築師了。

解析

an architect：一位建築師，表示 Olivia 在建築產業中，是其中一位建築師，「描述某個群體中的其中任意一個」，這時候 a 不代表數量，不能替換為 one。

one architect：一位建築師，雖然表示一個的數量，但是冠詞 a 不能跟定冠詞 the 做連用。

 常見冠詞錯誤顯微鏡

(1) 不可數名詞不加冠詞

> This is a chalk.（×）
> This is chalk.（○）
> This is a piece of chalk.（○）
> 這是一枝粉筆。

解說 ▶ chalk 屬於物質名詞，不可數。

> I'm going on a trip to Iran next week.（○）
> I'm going on a travel to Iran next week.（×）
> 我下星期要去伊朗旅行。

解說 ▶ Travel 不可數，a travel 是錯誤的用法。

(2) 冠詞與慣用語

Jason will cook us big dinner tonight.（×）

Jason will cook us a big dinner tonight.（○）

傑生今晚會煮一頓大餐請我們。

解說　三餐前面不加冠詞。如 Jason will cook us dinner tonight.；三餐前面若有形容詞，就要加冠詞。

This food is served with a knife & fork.（×）

This food is served with knife and fork.（○）

這道食物要用刀叉食用。

解說　成對的名詞前，不用冠詞。"&"不可用在正式文章裡，要用 and。

I'll go to Hawaii to take a sunbath.（×）

I'll go sunbathing in Hawaii.（○）

我要去夏威夷作日光浴。

解說　take a bath（○）、take a shower（○），但是 take a sunbath（×）。

He served as a principal for 5 years. (×)

He served as principal for 5 years. (○)

他當了五年校長。

解說 ▶▶ 職位前面不加冠詞。

It's a bad manner to blow your nose at table. (×)

It's bad manners to blow your nose at table. (○)

用餐時擤鼻涕是沒禮貌的。

解說 ▶▶ manner（方法）；manners（禮貌）。

✎ 定冠詞the的常見用法

1. the 放在名詞之前，修飾曾經提到過的名詞：

★ My sister has a black dress. The dress was a gift from her aunt.

我姐姐有一件黑色洋裝，那件洋裝是去年阿姨給她的禮物。

2. the 用來某個整體的概略性，而不是說明某個整體的特例：

★ Hank taught his cousin to play the guitar.

漢克教他的表弟彈吉他。

3. **the** 放在姓氏之前，表示「某個家族」或是「夫妻」，由於姓氏代表一整個群體的成員們，因此姓氏要加上複數詞綴 **-s**。

★ The Millers is notorious. 米勒一家惡名昭彰。

★ Are you going to invite the Fortners for Christmas party?

你有打算邀請福特納夫婦來聖誕節派對嗎？

* 語言活用：我們再重新看一次上述的兩個例句，會發現其實 the Millers 不僅可以翻譯成米勒一家，若翻譯成米勒夫婦似乎也可以說得通，這樣的確沒錯。語言是活的，the Millers 的解讀，需看前後語意來決定，或是看談話者互相對彼此的了解來解讀到底要翻成哪個意思。

4. **the** 放在形容詞前，表示符合該形容詞所描述的群體，可以只一群人，或某相同範疇的事件。

★ The Taiwanese are friendly. 台灣人很友善。

★ I am just going through the worst phase of my life, however, I won't be one of the unemployed forever.

我現在正在經歷人生最難熬的階段，但是我不會一直處於失業的狀態。

★ My father's philosophy is to expect the unexpected and always has a backup plan.

我父親的人生哲理是去預期那些意料之外的事並總是為自己想好退路。

5. 當一某個群體中，該名詞是群體中唯一的一個時，需使用 **the**。

★ The earth is getting warmer. Every human being should be aware of the so called "Green House Effect".

地球溫度越來約高了。人類應要知道所謂的「溫室效應」。

 ## 常見定冠詞the的錯誤顯微鏡

(1) 加**the** 的慣用語：由於語言是隨著人類文化在演化的，語言多樣性（**variety**）是語言學習者最需要認同，並且花心思的地方，例如：

> He took me by my arm, and dashed out of the house.（×）
>
> He took me by the arm, and dashed out of the house.（○）
>
> 他抓住我的手臂，衝出屋外。

解說 ▶ take 人 by the 身體部位，不能用代名詞所有格 my、his、her……等。

40

(2) 英文中的地名、建築物等常常與**the**連用：

Sahara is the third largest desert in the world.（×）

The Sahara is the third largest desert in the world.
（○）

撒哈拉是世界上第三大的沙漠。

解說 ▶▶ 撒哈拉沙漠屬於地名，前面要加 the。

That country is in Middle East.（×）

That country is in the Middle East.（○）

那個國家位於中東。

解說 ▶▶ 中東 the Middle East；遠東 the Far East。

We stayed in Kowloon Peninsula for a while.（×）

We stayed in the Kowloon Peninsula for a while.（○）

我們在九龍半島停留一會兒。

解說 ▶▶ 半島為地名，因此前面要用 the。

We took a lot of photos of Great Wall in China.（×）

We took a lot of photos of the Great Wall in China.
（○）

我們照了許多長城照片。

解說 ▶▶ 建築物名稱之前要用 the。

They took a trip to Philippines.（×）

They took a trip to the Philippines.（○）
他們去菲律賓旅行。

解說 ▶▶ 群島之前要用 the。the Philippines ＝ the Philippine
Islands ＝菲律賓群島。

In Chicago we stayed in Conrad Hilton near Lake
Michigan.（×）

In Chicago we stayed in the Conrad Hilton near Lake
Michigan.（○）

在芝加哥時，我們住在密西根湖附近的 Conrad Hilton 飯
店。

解說 ▶▶ 飯店前面要加定冠詞 the。

(3) the＋形容詞泛指某個群體的多數人：

All the hospitals were filled with dying, wounded, and the dead people.（×）

All the hospitals were filled with the dying, the wounded, and the dead.（○）

所有醫院都被垂死者、傷者和死者塞滿。

解說 ▶ the ＋形容詞／現在分詞／過去分詞＝群集名詞，泛指該類群體。

Do in Rome as a Romans do.（×）

Do in Rome as the Romans do.（○）

入境隨俗。

解說 ▶ the ＋國民的複數形＝該國全體國民。Roman （羅馬人）的複數形 Romans。

(4) 有些慣用語會在名詞前加上**the**，有些則不會，因此**the**
扮演了影響語意的角色：

> The little twin girls singing on the TV are from
> Taiwan.（×）
> The little twin girls singing on TV are from Taiwan.
> （○）
> 正在電視上唱歌的雙生小女孩是從台灣來的。

解說 ▶▶ on the TV = on the TV set 是電視機上面；on TV
則指螢幕上。

> Borrowing my car will be out of question; I have to
> use it myself.（×）
> Borrowing my car will be out of the question; I have
> to use it myself.（○）
> 借我的車是不可能；我自己要用。

解說 ▶▶ out of question（沒問題）；out of the question
（不可能）。

(5) 不使用冠詞的慣用語：

Taisu serves from the farm to the table.（×）

Taisu serves from farm to table.（○）

台糖服務直接從農場到餐桌。

解說　▶▶用 from… to…（「從……到……」）的片語中，所用名詞一概不用冠詞，如：from peak to peak（「從一山峰到另一山峰」）；from tree to tree（「從一棵樹到另一棵樹」）；from head to toe（「從頭到腳」）。

She once examined me from my head to the toes.（×）

She once examined me from head to toe.（○）

She once examined me from top to toe.（○）

She once examined me from tip to toe.（○）

She once examined me from head to heels.（○）

She once examined me from head to foot.（○）

她曾從頭到腳仔細端詳我。

解說　▶▶from head to toe ＝ from top to toe ＝ from tip to toe ＝從頭到腳。

My watch is cheap but it keeps a good time.（×）

My watch is cheap but it keeps good time.（○）

我的錶便宜但很準。

解說 keep good time ＝鐘錶走得準確。

Love at the first sight.（×）

Love at first sight.（○）

Love at first glance.（○）

一見鍾情。

解說 美國幽默大師 Mark Twain 有一經典名句：I fell in love with my wife at first sight of her picture.

單元練習

選擇題

( ) 1. The Germans are _____.

    Ⓐ hard-working people

    Ⓑ a hard-working people

    Ⓒ an hard-working people

( ) 2. I'll vacation in Hawaii for a month; that's

    _____!

    Ⓐ a life

    Ⓑ lives

    Ⓒ the life

( ) 3. They live in _____.

    Ⓐ the USA

    Ⓑ USA

    Ⓒ a USA

( ) 4. We enjoyed watching _____.

    Ⓐ Milky Way

    Ⓑ a Milky Way

    Ⓒ the Milky Way

(　　) 5. Playing mahjong is not_____.

    Ⓐ good hobby

    Ⓑ a good hobby

    Ⓒ the good hobby

是非題

(　　) 1. I practice playing the piano for twenty minutes before I go to bed every night.

(　　) 2. My master must be in the mountains.

(　　) 3. As the matter of fact, you were being too stubborn.

(　　) 4. The fire cooks food.

(　　) 5. He lives by the Keelung River.

單元練習解析

選擇題

1. B

德國人是一個勤奮工作的民族。

解說 the ＋國民的複數形＝該國全體國民；a people 或 peoples 都指"民族"。另外名詞開頭的發音若是「子音」，則使用冠詞 a；若是「母音」使用冠詞 an。

2. C

我要到夏威夷渡假一個月；那才是人生！

解說 That's life.「人生不就是這樣，看開點。」，帶有"負面、消極、妥協"的心態。That's the life 是 That's the kind of life that I would like.

3. A

他們住在美國。

解說 the USA= the US=the States= the United States of America= America= 美國。

4. C

我們當時愛看雲河。

解說 >> the Milky Way 為專有名詞，需要定冠詞。

5. B

打麻將不是一種好嗜好。

解說 >> 運動、遊戲名詞前，不可用冠詞。

是非題

1. (○)

我每晚就寢前練習彈鋼琴二十分鐘。

解說 >> 樂器名詞前，要用定冠詞 the。

2. (○)

師父只在此山中。

解說 >> in the mountain 指"在山裡"。

3. (×)

事實上，你在這件事情上表現得太固執了。

解說 >> 「a+ 序數」表示「另一個」的意思。

4.（×）

火煮食物。

解說 >> fire 是物質名詞，為不可數，不能用 the。但若指一把
火、營火或火災，則 fire 變為可數，可用冠詞，如：
We set a fire to keep the animals away at night.
（我們在夜間點火抵禦動物。）

5.（○）

他住在基隆河邊。

解說 >> 河流名稱之前要用 the。

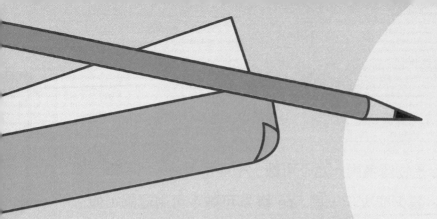

　　「人稱代名詞」和「所有格代名詞」堪稱英文寫作上的修辭小幫手，為了能讓英文作文看來簡潔、優雅，就更不能小看人稱代名詞和所有格代名詞的正確用法；人稱代名詞按照句子中「主詞」、「受詞」不同的位置，而有「I/ he/she」（主詞）、「me/ him/ her」（受詞）的分別；當然若主詞為複數，則用「they」；受詞則變為「them」；而所有格的大方向為「mine/ his/ hers/ theirs」，使用技巧就是減少相同名詞一直出現，看看下列句子：I bought a pen yesterday and this pen became my pen from now on. 是不是一直看到 pen 這個名詞，一點都不流暢了？跟著本單元學會掌握修辭的小技巧吧！Chapter 3-2「不定代名詞」是 Chapter 3-1 的進階版，涵蓋範圍更廣，有「any、other、both、either、neither」等多種不同的選擇，各有不同的用法，也是前 10 大易犯錯、易混淆的英文文法概念之一。為了能讓文章更為簡潔，進階版的不定代名詞也得好好弄清楚、搞明白才行！

Chapter 3-1 人稱代名詞、所有格代名詞
Personal Pronouns & Possessive Pronouns

- 為什麼需要代名詞呢？
- 沒有使用代名詞
- 有使用代名詞
- 人稱代名詞（Personal pronouns）用來表示前面所提過的人、事、物
- 人稱代名詞的格
- 所有格代名詞（Possessive pronouns）
- 常見代名詞錯誤顯微鏡

Chapter 3-2 不定代名詞 Indefinite Pronouns

- 不定代名詞（Indefinite pronouns）用來表示不特定的人、事、物
- 不定代名詞的單複數以及主動詞一致
- 不定代名詞 one 用來表示前面出現過的單數名詞
- 不定代名詞 both 的用法
- 常見不定代名詞錯誤顯微鏡
- 不定代名詞 either、neither 的用法
- 不定代名詞 other 的用法
- 用不定代名詞 other 來指示某群體中的這些、那些事物
- 任何一個 any、某一些 some、全體 all 的用法
- 用不定代名詞表達數量
- 相互代名詞（Reciprocal pronouns）用來表示彼此、互相之意
- 單元練習
- 單元練習解析

Chapter 3-1 人稱代名詞、所有格代名詞
Personal Pronouns & Possessive Pronouns

為什麼需要代名詞呢？

代名詞有很多種，包含：I、me、he、she、herself、you、it、that、they、each、few、many、who、whoever、whose、someone、everybody 等等，它的功能是取代已經說過的名詞，避免一句話中出現太多又臭又長的名詞。使用代名詞可以避免讀起來很冗長，念起來拗口的窘境。

以下為沒有使用代名詞及用了代名詞之後的句子，請比較。

✎ 沒有使用代名詞

1. 沒有使用代名詞的句子冗長又拗口，還沒說完你的聽眾可能聽不下去了：

★ Do you like the rock band, Wired Uncle at the music bar? I like the rock band, Wired Uncle. The rock band, Wired Uncle makes beautiful music.

你喜歡音樂酒吧的怪叔叔搖滾樂團嗎？我喜歡怪叔叔搖滾樂團。怪叔叔搖滾樂團的音樂很好聽。

✎ 有使用代名詞

2. 使用代名詞後的句子，簡短清楚，能確保聽眾在還有耐心繼續聽的情況下，將語意傳達出去，達成溝通的目的：

★ Do you like the rock band, Wired Uncle at the music bar? I like **them**. **They** make beautiful music.

你喜歡音樂酒吧的怪叔叔搖滾樂團嗎？我喜歡他們。他們的音樂很好聽。

人稱代名詞（Personal pronouns）
用來表示前面所提過的人、事、物

由於人稱代名詞是代替前面說過的話，因此所指的人事物為「特定的」。下表為常見的人稱代名詞：

人稱	單複數	主格	受格	所有格形容詞（＋名詞）	所有格代名詞
第一人稱	單數	I（我）	me（我）	my（我的）	mine（我的東西）
	複數	we（我們）	us（我們）	our（我們的）	ours（我們的東西）
第二人稱	單數	you（你）	you（你）	your（你的）	yours（你的東西）
	複數	you（你們）	you（你們）	your（你們的）	yours（你們的東西）

第三人稱	單數	he （他）	him （他）	his （他的）	his （他的東西）
	單數	she （她）	her （她）	her （她的）	hers （她的東西）
	單數	it （它）	it （它）	its （它的）	its （它的東西）
	複數	they （他們／她們／它們）	them （他們／她們／它們）	their （他們的／她們的／它們的）	theirs （他們的東西／她們的東西／它們的東西）

註 1：第三人稱的複數沒有分他們／她們／它們，在英文中只有一 they/them/their/theirs。

註 2：第三人稱單數表達事物的它 it，其所有格形容詞以及所有格代名詞均為 its，不要跟省略用法搞混，例如：It's the refrigerator.（這是冰箱。），其中 It's 為 It is 的縮寫。

人稱代名詞的格

1. 使用代名詞時，須注意代名詞放置的位置，也就是代名詞的格（pronoun case），以英文的文法結構來說，代名詞常會放在「主格」、「受格」、「所有格」，它們分別在「主詞」、「受詞」、「名詞片語之前」的位置。我們先來看下面的例子：

★Mr.Etzel is a manager of Department of Software Design. He likes to tell dirty jokes. His joke is very interesting. People like him.

艾茲先生是軟體研發部的經理，他喜歡講黃色笑話，他的笑話很有趣，大家都蠻喜歡他的。

文法分析：下面的例子介紹了主詞（he），所有格（his），受詞（him）的位置：

(1) **He**　　likes to tell　　dirty jokes.
　　主詞　　動詞　　　　　　受詞

(2) **His**　　joke　　is　　　very interesting.
　　（所有格＋名詞）　be動詞　主詞補語
　　＝主詞

(3) People　like　**him.**
　　主詞　　動詞　受詞

2. 中英文在人稱代名詞使用上的差異：英文在代名詞的使用上有「格位」的區分，比中文複雜，因此要特別注意，以下比較中英文的用法差異：

★ 中文中的代名詞，你、我、他、她、它的使用上沒有「主格與受格」的區分，而在使用「所有格」時，只須加上「的」，即你的、我的、他的、她的、它的。

(1) 用中文理解生活情境、看英文文法：

我不知道艾茲先生（**1**）他的自信是哪裡來的，（**2**）他說公司的女同事都是（**3**）他的粉絲，我覺得（**4**）他以為別人都愛（**5**）他的行為很莫名其妙，並不是大家都喜歡（**6**）他的。

[中文格位解析]：在中文的語用情境中，在「主格的代名詞」與「受格的代名詞」均使用相同的代名詞「他」。

編號	（1）他的自信 （3）他的粉絲
解析	放在名詞之前，所有格用法，使用「他的」，「他」替代了已經提到過的「艾茲先生」，而「的」則表示某某人所有之意。
編號	（2）他說公司的女同事都是他的粉絲 （4）他以為別人都愛他
解析	放於主詞的位置，主格用法，使用「他」，「他」替代了已經提到過的「艾茲先生」。
編號	（5）別人都愛他 （6）大家都喜歡他
解析	放於受詞的位置，受格用法，使用「他」，「他」替代了已經提到過的「艾茲先生」。

(2) 用英文理解生活情境、看英文文法：

★I don't know where Mr. Etzel gains (1)his confidence. (2)He says that all the female colleagues are (3)his fans. I think it's ridiculous that (4)he believes that everybody is in love with (5)him. And the truth is, not everyone likes (6)him.

英文格位解析：在英語使用情境中，使用代名詞時須注意其放置的位置是在主詞、受詞、或是是否位於名詞之前，再來選用適合的代名詞：

a 代名詞置於名詞之前，使用所有格 **his**：

I don't know where Mr. Etzel gains **(1) his confidence.**

He says that all the female colleagues are **(3) his fans.**

b 代名詞置於主詞位置，使用主格 **he**：

(2) He says that all the female colleagues are his fans.

I think it's ridiculous that **(4) he** believes that everybody is in love with him.

c 代名詞置於受詞位置，使用受格 **him**：

He believes that everybody is in love with **(5) him.**

And the truth is, not everyone likes **(6) him.**

所有格代名詞（Possessive pronouns）

「所有格代名詞」即為名詞，包含：Mine、ours、yours、his 、hers、its、theirs，可以當主詞或受詞，請見以下例子：

★ I like your outfit. Do you like **mine**?

我喜歡你今天的打扮。你覺得我的呢？

註：mine = my outfit

★ My puppy is dying. **Yours** is still energetic.

我的小狗奄奄一息，你的卻還是活力充沛。

註：yours = your puppy

★ These aren't Hank and Grace's children. **Theirs** have brown hair.

這些不是漢克跟格雷絲的孩子。他們的孩子有一頭棕髮。

註：theirs = Hank and Grace's children

常見代名詞錯誤顯微鏡

A: Have you seen the scissors? B: Yes, it is on the desk. (×)

A: Have you seen the scissors? B: Yes, they are on the desk. (○)

A：「你有看到剪刀嗎？」B：「有，它們在桌上。」

解說 scissors 是複數，代名詞應用 they。

Each girl wears their skirt. (×)

Each girl wears her skirt. (○)

每個女孩都穿著裙子。

解說 代名詞要和先行詞的「數量」一樣。each girl 是單數，代名詞須接 her，而不是 their。

She likes you better than him.（o）

她喜歡你勝過於喜歡他。

She likes you better than he.（o）

她喜歡你勝過於他喜歡你。

解說 ▶▶ 兩句用法皆正確，但意義不同。She likes you better than him. = she likes you better than she likes him.（她喜歡你勝過於喜歡他。）；She likes you better than he. = She likes you better than he likes you.（她喜歡你勝過於他喜歡你。）

John and I saw our teacher yesterday.（○）

約翰和我昨天看到我們的老師。

Our teacher saw John and me yesterday.（○）

我們的老師昨天看到我和約翰。

解說 ▶▶ John and I saw our teacher yesterday.（我和約翰昨天看到我們老師。）**John and I** 此句為主詞，故用 **I**；Our teacher saw John and me yesterday.（我們老師昨天看到我和約翰。）**John and me** 此句為受詞，故用 **me**。

I met a friend of my on my way to school. (x)

I met a friend of mine on my way to school. (x)

在我上學的路上我遇到我的一位朋友。

解說 ▶▶ 若要使用所有格 my，第一句應該寫成"I met one of my friends on my way to school."，「代名詞至於名詞前，使用所有格」。而第二句的 mine 指的是 my friends，放在 of 後面的應為所有格代名詞。

Chapter 3-2 不定代名詞
Indefinite Pronouns

不定代名詞（Indefinite pronouns）用來表示不特定的人、事、物

以下表格介紹常用的不定代名詞，其中 **one**、**other**、**another**、**anyone**、**anything**、 **each**、**everybody**、**everything** 為單數的不定代名詞；**both**、**others**、**several**、**many** 為複數的不定代名詞；而 **such**、**some**、**most**、**any**、**all** 則可以是單數或是複數的代名詞，依照說話者的情境而定。

不定代名詞 （單數）		不定代名詞 （複數）	
one	一個人／任何人	both	兩者都
other	（兩者中）另一個的；其餘的	others	其他的
another	另一	several	數個
anyone/ anybody	任何一個人	many	許多

anything	任何事情	不定代名詞 （單數／複數）	
each	每個	such	這樣的人（或事物）；上述的人（或事物）
everybody	每個人		
everything	每件事情	some	一些、有些人、有些事物
little	一些（沒有很多）	most	大部分
much	許多	any	任何一個、多少（人、事、物）
either	兩者中其中之一		
neither	兩者都不是	all	全體，一切，全部

✎ 不定代名詞的單複數以及主動詞一致

使用者須注意單複數以及動詞的一致性（subject-verb agreement），若為單數需搭配第三人稱單數動詞，其用法如下：

1. The cupcake you made was good. Can I have another?

你做的杯子蛋糕真好吃，我可以再吃一個嗎？

解析：another 為另一個之意，為單數。

2. Are any coming?

有人要來嗎？

> 解析：這邊的 any 為複數，動詞使用 are，詢問還有多少人要來的意思。

3. Each has his own ideas.

每個人有他自己的想法。

> 解析：Each 表示每一個，為單數用法，動詞為第三人稱單數。

4. Do you know what happen to the properties of Cloud Gate? Several are destroyed in the fire.

你知道雲門舞台的道具怎麼了嗎？很多都在一場火中被摧毀了。

> 解析：Several 數個之意，在這邊也可以用 many，來代替前面提到的 properties of Cloud Gate，動詞使用複數動詞 are。

不定代名詞one用來表示前面出現過的單數名詞

1. She is wearing her new beanie, the orange one.

她正帶著她的新帽子，橘色的那頂。

> 解析：不定代名詞 one，可以代替前面出現的可數名詞（需為單數），要注意因為 one 含有數量（一個）之意，因此不可以代替不可數名詞。

2. Percy is the one man that I have ever loved.

波西是我今生的摯愛。

> 解析：One 也可以用來強調生命中就那麼一個之意，英文意思為 the only one 或 the most important one。

3. 使用 you、they 用來表示有些人、某些人，下面的例子中伯特與艾略特在討論坐飛機的空間議題時，使用了 **they** 來說明那些設計飛機座位的人，以及 **you** 來表示那些認同坐飛機時空間太小的人：

Bert: I am not a fan of air travel. <u>They</u> never give <u>you</u> enough room for your legs to move.

Eliot: I totally understand. The situation gets worse when the person in front of you puts his seat back. It's impossible for **you** to move.

伯特：我不喜歡坐飛機旅行。他們從來不給你的腿足夠的空間。

艾略特：我完全可以理解。而且當你前面的人把椅子往後仰的時候，情況變得更糟，你根本無法動彈。

解析：you 以及 they 都當作不定代名詞使用，they 並不指定其中那位安排飛機座位的人，而是泛指說話者所討論到的情境中的某些不特定的人，you 的使用也是相同道理。

不定代名詞both的用法

Both 為不定代名詞，用來表示兩個人、兩件事情、兩個東西或其他成雙的人事物，因此幾乎都當作複數名詞來看，動詞使用複數動詞。

1. Danny has two aunts. They both live in London.

丹尼有兩位阿姨，她們都住在倫敦。

解析：Both 指稱丹尼的兩位阿姨，both 放在代名詞後面，當作 they 的同位語。

2. Although both of his aunts were strict to Danny when he was a child, he liked them both.

儘管兩位阿姨都在兒時對丹尼很嚴格，丹尼還是愛她們。

解析：a: both of his aunts 他的兩位阿姨，「both of ＋名詞」為兩個人中的兩個之意，也就是全部之意，但是 both 的全部就只有兩個人、或是兩個群體，這邊指的是兩位阿姨。

b: both 也可以放在句尾，強調兩個人他都愛。

3. Both his aunts are still strict to him.

他的兩位阿姨現在還是對他很嚴格。

解析：both 放在名詞之前，可以當形容詞使用。

常見不定代名詞錯誤顯微鏡

Two boys had a bitter quarrel; each blamed another. （✕）

Two boys had a bitter quarrel; each blamed the other. （○）

Two boys had a bitter quarrel; both blamed the other. （○）

兩位男孩大吵一架，互相責怪對方。

解說 another 用於三者以上／兩者或三者同類的另一。

Both they study very hard. （✕）

They both study very hard. （○）

Both of them study very hard. （○）

他們兩個人都非常用功。

解說 both 之後不接人稱代名詞。應用 they both 或 both of them。

These both boys study very hard.（✕）

Both these boys study very hard.（○）

這兩位男孩都非常用功。

解說 ▶▶ both 依形容詞順序要放在指示代名詞之前才對。

不定代名詞either、neither的用法

Either 以及 neither 兩者都為不定代名詞，either 的意思為「兩者中其中一個」；neither 的意思為「兩者都不是」，請注意這兩個代名詞在文法上視為單數，因此動詞要使用「第三人稱單數」。

★ Linlin and Meimei are two of my favorite singers from Super Idol, a reality singing competition show. I hope at least either of the two singers wins the award today. But the ugly truth is, neither of them gets the award.
超級偶像是一個電視實境歌唱比賽，在裡面玲玲跟美美是我在最喜歡的兩個歌手。我希望今天至少兩位中的其中一位歌手可以過關，但是殘酷的現實是，她們兩個都落選了。

解析：

Either	of the two singers	*wins* the award today.
Neither	of them	*gets* the award.

(1) either of them 指的是兩者中的其中一個，不定代名詞 either 指的是 Linlin 與 Meimei 的其中一個，視為單數主詞，動詞用第三人稱單數 wins 以及 gets。

(2) of the two singers，為兩個歌手中的……之意，需於 of 後面加上名詞的複數，其句型為「either ／ neither of the ＋複數可數名詞」：

a: of 後面若為名詞需加 the 來限定，the singers 是指參加該場比賽的兩位歌手，而這兩位歌手是說話者心目中最喜歡的兩位，而這兩位的其中一位，就用 either of the singers 表示。

b: of 後面若為代名詞，代名詞本身就是指前面所述之名詞 the two singers，已經有指定之意，因此不需加 the。

註：either, neither 也放在名詞之前，作為形容詞用：

例如： Neither of my cousins went to college。
我的堂弟們（兩個堂弟）都沒有去唸大學。

不定代名詞other的用法

1. **Other** 為不定代名詞，為另一個、另一方、另一些、其他的之意，英文意思為 **things that are additional to people that have been mentioned**，也就是在說話者提過某事件的 **A** 面向，而要提到另一個 **B** 面向時使用。

★Brainstorming at the workshop, Tiffany finds that some ideas are better than others.

參與工作坊的討論，蒂芬妮發現有些人的想法比較突出。

解析：others 為 other，表示討論會中那些不特定是誰的，但是比較不突出的想法。

Other 放在名詞之前，扮演形容詞的角色，例如在酒吧中遇到聊得來的同鄉，在離別前你可以說：

★Maybe we can go out some other time.

也許下次我們可以再出來。

解析：這邊的 other 指的是，除了今天的會面之外的另一個時間。

2. Other 也能表示位置相反之意，英文意思為 **a place that is the opposite to where you are**，也就是當你之前講過某個地方，要表示相反的另一個位置時使用，例如：

★Debbie's husband works on the other side of the city. He has to travel 30 minutes to work.

黛比的丈夫在城市的另一邊工作，他都要花 30 分鐘的車程去公司。

用不定代名詞other來指示某群體中的這些、那些事物

Other，另一個；第二個之意，而說話者須根據所描述之情境來變化 other 的用法，簡單來說：

1. 總共兩個東西，分成兩類：其中一個用 **one**，另一個用 **the other**。例如，假設你有任意舉起一隻手，再舉起另一隻手，你可以這樣說：

★The coach raised one arm and then the other.

解析：當說話者想描述的東西總共只有兩個，例如人的左手臂以及右手臂，即可以使用 one, the other。

2. 總共三個以上的東西，分成三至四類：其中一個用 **one**，另一個用 **another**，第三個用 **still others**，最後一個用 **the last**。<u>例如，假設你有三個姐姐，你想分別描述她們的生活模式，可以使用：*one….another….the last* 的句型。</u>

★My mother has three sisters. One is a career woman who never does chores. Another is a housewife who doesn't work. The last is a mix of both.

3. 總共三個以上的東西，其中一個用 **one/** 其中一些用 **some**，剩下的以複數 **the others** 呈現。<u>例如，假設你所有的好朋友都預計要在明年結婚，其中一些預計在明天夏季時舉辦婚禮，而剩下那些則預計在聖誕節前舉辦，你可以使用：*some...,the others*</u> 的句型。

★All of my friends decide to get married next year. Some of the weddings are going to be held around summer. The others are going to be held before Christmas.

任何一個any、某一些 some、全體 all的用法

1. **any** 為某群體中的任何一個，例如你走到藥妝店要買一盒保濕面膜，假設架上有十盒，那麼其中一盒就是你預期要買的，那也就是 **any** 的意思，因此你可這麼問店員：

★Are there any face masks? I can't find any moisture masks.

你們有賣面膜嗎？我找不到保濕面膜。

解析：any 常與問句以及否定句連用。

2. **some** 為某群體中的某一些之意，例如你的姊姊有很多瓶身體乳液，問你說想不想用一些時，她會這麼說：

★I've got some body lotions if you want it.

我有一些身體乳液，如果你想要的話。

解析：與 any 的使用情境相反，some 通常使用在肯定句中。

3. some 用來詢問對方想不想吃東西：

★Would you like some milk?

要來些牛奶嗎？

> 解析：some 也可以與問句搭配，通常用在你預期對方會給
> 你肯定答案的問句中。

4. all 用來代表所述名詞的所有數量，**all** 後面接複數名詞，常常
與所有格代名詞 **your**、**my**、**her**、**his**、**their** 或與數字連用搭
配：

★All twenty girls are diligent students.
所有的二十位女孩都是用功的學生。

★All the friends you invited are coming.
所有邀請的朋友都在來的路上了。

用不定代名詞表達數量

1. any、**some**、**all**、**most** 的形容詞用法：
直接在 **any**、**some**、**all**、**most** 後面加上名詞，包含可數名詞
以及不可數名詞，這時候 **any, some, all, most** 扮演形容詞的
角色，其修飾之名詞是「非特定的」：

Any Some All Most	men friends sandwiches pillows money

2. any、some、all、most 的代名詞用法：

any、some、all、most 為表達數量的不定代名詞，與 of 連用時，其後第二組表達數量的名詞是「特定的」，而表達特定的名詞通常會與定冠詞、所有格形容詞、指示代名詞連用：

a 定冠詞 **the** ＋名詞，例如：**the men**。

b 所有格形容詞 **my**、**our**、**your**、**his**、**her**、**their** ＋名詞，例如：**your sandwiches**。

c 指示代名詞 **this**、**these**、**that**、**those**，例如：**these pillows**。

註：此用法亦修飾可數名詞與不可數名詞：

Any Some All Most	of	the / my / his /…	men friends sandwiches pillows money

d 請比較下列例子：

(1) I can imagine myself in love with any man. But I will never fall in love with any of your ex-boyfriends.

我可以想像我跟世界上的任何一個男人談戀愛，但是我絕對不會愛上任何一個你的前男友。

> 解析：請比較 any man，表示任何一個男性，並沒有特地區分群體；而 any of your ex-boyfriends 是指在某個特定群體中的那些人的任何一個。

(2) Most pillows are made of a mix of cotton and polyester. Because Carrie is allergic to cotton, most of the pillows are never a choice for her.

大部分的枕頭都是用棉花以及人造纖維製成的。由於凱莉對棉花過敏，因此大部分的枕頭她都不能用。

> 解析：請比較 most pillows 是指市面上大部分的枕頭，而 most of the pillows 是指市面上那些用棉花做的枕頭，the pillow 代替前面解釋過的 most pillows，也就是 pillows that are made of a mix of cotton and polyester。

相互代名詞（Reciprocal pronouns）
✎ 用來表示彼此、互相之意

相互（reciprocal）即為兩個人互相之意，代表互相之意的代名詞有 **each other** 以及 **one another**，即所謂的「相互代名詞」，舉例來說：

★ Eason is in love with Annie, and Annie is in love with Eason.
伊森愛上了安妮，安妮也愛上了伊森。

★ They are in love with each other.
他們互相相愛。

因此在選用「主詞」時需用複數的主詞，例如：**They, Tim and John** 等等，而不可以使用單數主詞，例如：**I**、**she**、**he** 等等，須使用代表兩個人（以上）或是兩個群體（以上）的主詞。

★ The bank robbers were fighting one another.
銀行搶劫犯正互相扭打在一起。

★ Mr. Etzel and his secretary hate each other.
艾茲先生與他的秘書互相討厭。

★Jessica and Lillian give each other giftevery Christmas.

潔西卡與莉蓮每年聖誕節都會給彼此禮物。

註：One another 在語意上等同於 each other，但實際使用
情境上，each other 比較常見，原因是有些人認為 one
another 比較正式，也有人認為 one another 比較常用
在主詞是三個人以上或是三個群體以上時使用。

單元練習

選擇題

( ) 1. The poor young man got hardly _____ money.

    A some

    B many

    C any

( ) 2. Neither of my parents _____ Japanese.

    A speaks

    B speak

    C talks

    D tell

( ) 3. Jason and his girlfriend would spend time cooking dinner at _____ house.

    A each others'

    B each other's

    C another

(　) 4. Give _____ some space. You are

suffocating _____.

A I, me

B me, mine

C me, me

(　) 5. Lora: I like your new shoes. I want one like

_____.

Renee: You are such a copycat.

A yours

B your

C you

是非題

(　) 1. Little Johnny made several of friends recently.

(　) 2. You'll be surprisingly amazed by our quality of suitcases. Every suitcase in this room is made of real leather.

(　) 3. There are three pajamas. One is mine. You and Maggie can have others.

(　) 4. Look! It is snowing.

(　) 5. This is my fiancé. I and him just got engaged this morning.

單元練習解析

選擇題

1. C

那位年輕貧困的男子一點錢也沒有。

解說 ▶ hardly 為幾乎沒有之意，為否定之意，因此與 any 而非 some 連用，表示幾乎沒有錢的意思。另外 many 很多之意，修飾可數名詞，而 money 為不可數名詞，需用 much 修飾。

2. A

我的父母都不說日文。

解說 ▶ Neither 表兩者中兩者都不，是為單數，需搭配第三人稱單數動詞。而描述某人會不會說某種語言時需用 speak，例如：She speaks Cantonese. 她會說廣東話。

3. B

傑森以及他的女友都會在彼此的家裡煮晚餐。

解說 ▶ 由於本句之語意要表達的是傑森會到女友家煮晚餐，女友也會到他的家煮晚餐，是一件互相都會去做的事情，因此使用相互代名詞 each other。

4. C

給我一點空間，你要讓我窒息了。

解說 >> 題目中兩個空格的位置都在動詞之後，需使用受格 me。

5. A

蘿拉：我喜歡你的新鞋子，我也要一雙。

芮妮：妳這學人精。

解說 >> yours 這邊為所有格代名詞，等於前一句的 your new shoes.

是非題

1.（×）

小強尼最近交了很多新朋友。

> **解說** 表達數量的名詞與 of 連用時，其第二組名詞需指稱特定的群體，而在題目中，語意強調小強尼交新朋友這件事，而非交了哪些朋友，應把 the 去掉，改寫為：Little Johnny made several friends recently。

2.（○）

我們的行李箱品質絕對會讓您驚奇。這房間裡的每一個行李箱都是真皮的。

> **解說** Every 後面直接接單數可數名詞，every suitcase 表示每一個行李箱，是為單數名詞，動詞搭配第三人稱單數動詞 is。

3.（×）

這裡有三件睡衣，一件是我的，你跟瑪姬可以穿其他的。

> **解說** 若要在所指出過的名詞中（三件睡衣），表明「其中一個……其他的」之意，由於「其他的」有指示特定物品，需搭配定冠詞 the 使用，以限定其名詞範圍，因此應該寫為 You and Maggie can have the others.。

4.（○）

看！現在正在下雪。

解說 ▶▶ 代名詞 It 除了可以代替前面提過的非人類的名詞，it
也可以直接代替天氣、時間以及距離。

5.（×）

這位是我的未婚夫，我們今天早上剛訂完婚。

解說 ▶▶ 若出現兩個以上的人稱代名詞，通常第一人稱 I 會放在
後面以示平等以及禮貌，句子應改寫為 He and I just
got engaged this morning.

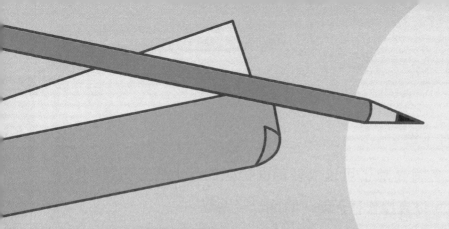

　　常見的錯誤不是只有英文語法，英文的標點符號也是常犯的錯誤之一，本章節透過「撇號」的介紹和正確的使用說明，幫助讀者切入撇號出現的場合，如「所有格」、「縮寫」，領悟英文裡「見微知著」的重要性，就算是小小螺絲釘也萬萬不能輕忽大意呀。但單複數所有的撇號怎麼撇才正確？縮寫的規則又是什麼？現在就翻開第四單元《撇號》，學會如何正確使用撇號吧！《常見撇號錯誤顯微鏡》的考驗都有通過了嗎？還是一知半解嗎？沒關係，細看解析就沒問題了！

Chapter 4 撇號
Apostrophes

- 撇號的使用

- 撇號與所有格連用

- 撇號當作省略符號

- 常見撇號錯誤顯微鏡

- 單元練習

- 單元練習解析

Chapter 4

撇 號
Apostrophes

撇號的使用

撇號（apostrophe），也就是符號（'），常作為英文中的「所有格符號」以及「省略符號」。

撇號與所有格連用

1. 撇號 ' 加上詞綴 -s 代表專有名詞的所有格（**possessives of proper nouns**），也就是所謂的「**'s**」，中文翻譯為「某人的」，也就是說在名詞後面加上「**'s**」就可以形成名詞所有格了，例如：

★ It is **Joyce's** fault.

是喬伊斯的錯。

★ I like **Tropper's** novels.

我喜歡崔普爾的小說。

2. 根據專有名詞的單複數特性，在表現形式上略有不同，一般來說，在單數名詞後面加上「's」；單數名詞在複數名詞後加上「'」舉例如下表：

	專有名詞	專有名詞所有格	中文翻譯
單數	Austin	Austin's wedding	奧斯汀 奧斯汀的婚禮
	Harry Williams	Harry Williams' car	哈利·威廉斯 哈利·威廉斯的車
	Jesus	In Jesus' name	耶穌 以耶穌之名
	Oregon	Oregon's transportation systems	奧勒岡 奧勒岡的大眾運輸系統
複數	The Britsches	The Britsches' family tradition	布利奇一家 布利奇一家的傳統
	the Williamses	the Williamses' car	威廉斯一家 威廉斯一家的車
	Austin and Philip	Austin and Philip's	奧斯汀與菲力普 奧斯汀與菲力普的

文法解析與例句

a 當專有名詞為單數所有格時，撇號這麼用：

1. 當專有名詞為單數時，撇號直接加在名詞之後，例如：

★ Angela bought a coffee maker last month. The machine is <u>Angela's</u>.

安潔拉上個月買了一台咖啡機。這台機器是安潔拉的。

2. 當單數的專有名詞「字尾」以字母 s 結尾時，則直接加上撇號：

★ Jess' guitar was lost in the shopping mall.

傑士的吉他在商場弄丟了。

b 當專有名詞為複數所有格時，撇號這麼用：

1. 當專有名詞為複數時，撇號則接在複數詞綴 **-s/-es** 的後面，例如：

★ The Lin family owns a set of fine bone china tableware from Qing Dynasty. The tableware is the Lins'.

★ 林氏一家擁有一組清朝的精緻骨瓷餐具。這套餐具是林氏一家的。

註：在英文中很常使用「the+ 姓氏 ＋ -s/-es」來表示「某某一家人」：

(a) 姓氏為其中一種專有名詞，其複數規則跟名詞複數是一樣的：姓氏字母若是以 s/x/z/sh/ch 結尾時，複數形加上詞綴 –es，<u>例如：Sanchez　Sanchezes，其餘則直接加上 -s</u>。

(b) 專有名詞的所有格複數則直接在字尾加上撇號：<u>例如：Sanchezes　Sanchezes'</u>。

2. 當我們要指「A 跟 B 的」共同擁有某事物的時候，例如：**Jean and Jane**，這時候是指「個體 A 以及個體 B」，兩個專有名詞分別為個體，不需要在字尾加上複數詞綴，而是使用連接詞 **and** 來表示複數之意，這時候表示「所有格撇號」的位置在最後一個名詞之後，例如：

★ Jean and Jane own a villa in Paris together. This would be Jean and Jane's villa.

浚跟珍共同擁有一座巴黎的別墅。這棟一定就是浚跟珍的別墅了。

撇號當作省略符號

撇號（ ' ）也可以作為「省略符號」來使用，撇號代表的是省略的那一個符號，在非正式的文章或是口語表達中比較常見，而在正式文章中若出現省略符號則較不恰當。

(1) **Be** 動詞 **is, am, are** 的縮寫形式：

　√ She is → She's

　√ He is → He's

　　● 撇號（ ' ）代表省略的字母 *i*。

　√ I am → I'm

　　● 撇號（ ' ）代表省略的字母 *a*。

　√ You are → You're

　　● 撇號（ ' ）代表省略的字母 *a*。

(2) 助動詞 **has**、**have** 的縮寫：

　√ We have → We've

　√ You have → You've

　√ He has → He's

　　● 撇號（ ' ）代表省略的字母 *ha*。

(3) 助動詞 **will** 的縮寫：

  √ He will → He'll

    ● <u>撇號（'）代表省略的字母 *wi*</u>。

(4) 否定詞 **not** 的縮寫：

  √ do not → don't

  √ is not → isn't

  √ would not → wouldn't

  √ can not → can't

    ● <u>撇號（'）代表省略的字母 *o*</u>。

常見撇號錯誤顯微鏡

> Where is today paper?（×）
>
> Where is today's paper?（○）
>
> 今天的報紙在哪裡？
>
> Where is yesterday paper?（×）
>
> Where is yesterday's paper?（○）
>
> 昨天的報紙在哪裡？

解說 ▶ 時間、距離、重量、價格等名詞的所有格，皆是名詞後面加's。

> He listened to other's opinions, but he never changed his.（×）
>
> He listened to others' opinions, but he never changed his.（○）
>
> 他會聽別人的意見，但是他從不改變他的想法。

解說 ▶ 他會聽別人的意見，別人一定不只一個人，故 others 的所有格以複數形式呈現。

單元練習

填空式翻譯練習

請將合乎文法的句子根據譯文填入，有些只有一個答案，有些則有兩個：

(A) Bert has	(B) Bert's
(C) He has	(D) He's
(E) isn't	(F) aren't
(G) He is	

1. Bert _____ a nerd glasses.

   伯特有一副粗框眼鏡。

2. He _____ been doing an experiment for hours in the laboratory.

   他已經在實驗室做了好幾小時的實驗了。

3. But Bert _____ a nerd. _____ a genius.

   但是伯特並不是書呆子。他是一位天才。

請利用撇號縮寫句子：

1. My mom told me that when I am tired, I should not try to study.

_____

2. They are twins, but they will not go to the same university.

_____

3. She is an honest girl. She does not lie.

_____

是非題

( ) 1. I met a friend of Cook on my way to school.

( ) 2. That's my Achilles' heel.

( ) 3. My parents find the New Orleans' cuisine too spicy.

( ) 4. Theapple tree has pretty leaves. It's leaves are pretty.

( ) 5. What's the noise? It's just the cat eating its fishbone.

單元練習解析

填空式翻譯練習

1. (A)

> 解析：
>
> (1) 此句沒有縮寫形式，has 在句子中為一般動詞，為擁有之意，不能縮寫。
>
> (2) 另外 has 的縮寫形式不能搭配人名。

2. (C)&(D)

> 解析：
>
> (1) He has 可以縮寫為 He's，撇號（'）代表省略的字母 ha。
>
> (2) has 在句子中為表示完成式的助動詞，其縮寫形式可以跟人稱代名詞搭配。

3. (E)；(D)&(G)

> 解析：is not 可以縮寫為 isn't。He is 可以縮寫為 he's。

句型練習

1. My mom told me that when I'm tired, I shouldn't try to study.
   媽媽跟我說當我很累的時候，就不應該撐著唸書。

2. They're twins, but they won't go to the same university.
   他們是雙胞胎，但是他們不會去同一所大學念書。

3. She's an honest girl. She doesn't lie.
   她是一位誠實的女孩，不說謊的。

是非題

1. （×）

   我在上學的路上遇到庫克的一個朋友。

   > **解說** Cook 的一個朋友，Cook 應以所有格呈現，a friend of cook's。正確句子應為 I met a friend of Cook's on my way to school.

2. （○）

   那是我的致命傷。

   > **解說** Achille's heel 阿基里斯的腳踝。希臘英雄阿基里斯全身刀槍不入，唯有腳踝是他的致命傷。此片語後來引申為致命弱點。

3. （×）

   我的父母覺得紐奧良的美食都太辣了。

   > **解說** 正確句子應該為 My parents find the New Orleans cuisine too spicy. 例句中 New Orleans 當作形容詞修飾 cuisine，形容詞不與撇號搭配使用。在英文中，名詞做形容詞用法的情況很常見。

4.（×）

那棵蘋果樹的葉子很漂亮，它的葉子很美。

> **解說** It's 為 It is 或是 It has 的縮寫，但是本句的意思為樹的葉子，因此使用所有格形容詞 its，中文翻譯為它的，正確句子應為 Its leaves are pretty.。

5.（○）

那是什麼聲音？那只是貓咪在吃牠的魚骨頭。

> **解說** 句中的 It's 為 It is 的縮寫，Its 為所有格的用法。

Chapter 5-1 五大句型、動名詞、不定詞、使役動詞

Five Major Sentence Patterns, Gerunds, Infinitives and Causative Verbs

- 動詞的功能與文法結構
- 動詞與五大句型
- 常見連綴動詞錯誤顯微鏡
- 不定詞的用法（the to-infinitive form）
- 常見不定詞錯誤顯微鏡
- 動名詞 V-ing 的用法
- 常見動名詞錯誤顯微鏡
- 使役動詞（Causative verbs）
- 常見使役動詞錯誤顯微鏡
- 單元練習
- 單元練習解析

Chapter 5-2
詞的時態 Verbal Tenses

　　「五大句型」是學習英文文法的精隨。任何的溝通包括對話、寫作，都要透過句子的串連，始能達成。第一基本句型裡要包含主詞、動詞、受詞；其他各種句型的變形、使用方法、例句等在本篇章都有詳述，不可錯過。另外「動詞」則是本篇章另一重要角色，使用「動名詞」、「不定詞」、「使役動詞」與「動詞各種時態」的時機和常見的錯誤為何？常見錯誤都有好好避開了嗎？現在就鎖定第 5-1 章《五大句型、動名詞、不定詞與使役動詞》和 5-2 章《動詞的時態》一探究竟！

Chapter 5-1

五大句型、動名詞、不定詞、使役動詞
Five Major Sentence Patterns, Gerunds, Infinitives and Causative Verbs

🖉 動詞的功能與文法結構：

1. 動詞是英文文法中最重要的角色，因為英文中任何一個句子都一
   定會有一個動詞。例如：

   Watch out! 小心！

   Stop! 停下來！

2. 英文中只要一個動詞就可以自成一個句子，如上列的祈使句，但
   其他詞類如名詞、形容詞則不行。但是你可能常在國外的影集中
   發現這樣的對話，句子中沒有動詞，但是你卻懂他的意思，那是
   因為前一句已經說明情境了，如：

   Daisy: How big is the monster?

   Lance: Very big.

   黛西：那個怪物到底有多大？

   蘭斯：非常大。

   解析：Lance 在對話中的回答應為 The monster is very big
   或是 It is very big，但是他卻只回答 very big，省略了

主詞以及動詞主要原因是因為 The monster/It is 上一句話才剛說過，若省略，Lance 相信 Daisy 一定可以聽得懂；也就是說，使用口語英文時，若確定對方「聽得懂」，主詞和動詞是可以省略的。

註：多數影集中的對話場合為朋友間的生活對談，用語較為不正式（informal），其使用的英文較為口語（oral English），跟我們英語學習者所遇到的情境，如：英檢考試或是寫報告的正式英文（formal English）較為不同。一般來說，正式的英文語用場合，例如寫作，在英文文法上的要求較為嚴格；而口語的日常情境，則以說話者互相聽得懂即可，但這也不代表可以隨便說，因為語言是大家一起使用的溝通工具，基本的原則還是要遵循，溝通才會順利。

3. 而英文詞類分為很多種，每種特性不一樣，若使用錯誤、任意省略，則會造成語意傳達錯誤或是話說不清楚的窘境，例如：

Tad and Barbara's plan after work will go like this: Tad will pick Barbara up at her office first. Then they will go to the nearest night market for dinner. But now Tad is twenty minutes late. They are texting each other,

Barbara: Are you on your way?

Tad: Wait me 20 mins, traffic jam.

Barbara: I see.

Tad: 5 mins. I'm now Mercy Burger.

Barbara: Wait! Are you going to meet at the downstairs of my office or at Mercy Burger?

翻譯：

陶德與芭芭拉下班的計畫如下，陶德會先去芭芭拉的公司接她，接下來他們會到最近的夜市晚餐。但是現在陶德已經遲到二十分鐘了，現在他們正在互傳簡訊：

芭芭拉：你在路上了嗎？

陶德：等我 20 分鐘，塞車。

芭芭拉：我知道了。

陶德：五分鐘。我在梅西漢堡。

芭芭拉：等等，你是要先來公司接我，還是要我去梅西漢堡？

你看完上述的例子，是否有跟芭芭拉一樣的疑惑呢？因為陶德英文不好，表達得不夠清楚，把不該省略的字給省略了：

a 芭芭拉所看到的意思：

Barbara: Are you on your way?

Tad: Wait **for** me 20 minutes. **I am stuck in the** traffic jam.

Barbara: I see.

Tad: I'm at Mercy Burger now, and **let's meet there in 5 minutes.**

解析：芭芭拉之所以會誤會，是因為陶德丟出一個新的時間與地點，讓她以為要臨時改約成五分鐘後梅西漢堡見。

b 陶德所想表達的意思：

Barbara: Are you on your way?

Tad: Wait **for** me 20 minutes. **I am stuck in** the traffic jam.

Barbara: I see.

Tad: I'm at Mercy Burger now, and **I think I will be at your office in 5 minutes.**

解析：句中陶德其實想想表達他已經到 Mercy Burger 了，而 Mercy Burger 就在芭芭拉的公司附近，陶德以為說明他目前的位置，芭芭拉就可以預估他還需要多久可以到。

語用技巧：溝通時，要講清楚 when、where、what、how、why，當然不是要很囉唆每個都講，而是要評估情境，講出你的聽眾需要知道的訊息，而例子中陶德所說的 " 5 mins. I'm now Mercy Burger." 提出了一個時間、一個地點，卻沒有說明要做什麼

（what）、為什麼（why），因此聽話者一頭霧水。因此若在談話中省略字詞，一定要特別評估，而評估的技巧，可以從了解英文的五大句型出發，了解文法結構後，未來在使用時，才不會東漏西漏，少了一個動詞、一個受詞、一個補語而又發生雞同鴨講的情況。

動詞與五大句型

英文的句子中，動詞為核心，有些動詞可以傳達動作（**action**），例如：fight（打架）、jump（跳躍）、swim（游泳）等，有些動詞則表述人事物存在的狀態（**state)**，例如：be（是）、exist（存在）、seem（似乎）等。

不管動詞傳達的是什麼意思，都需要符合英文的文法規範，傳達的意思才會完整，接下來介紹英文中的五大句型，了解五大句型，會讓你在溝通時很容易抓住句子的重心，也會讓你在寫作時可以寫得清楚，讀者也讀得清楚。

英文的五大句型

1.	S+V	Accidents happen. 意外就是會發生。

2.	S+V+SC	Anya is adorable. 安雅惹人疼愛。
3.	S+V+O	Jimmy told a joke. 吉米講了一個笑話。
4.	S+V+IO+DO	My mom cooks me breakfast every day. 媽媽每天都幫我準備早餐。
5.	S+V+O+OC	Eva's obsession with sanitation drives her husband crazy. 伊娃的潔癖要把她的丈夫逼瘋了。

縮寫說明：subject（S）主詞、verb（V）動詞、object（O）受詞、indirect object（IO）間接受詞、direct object（DO.）直接受詞、subject compliment（SC）主詞補語、object compliment（OC）受詞補語。

第一大句型 S+V

1. 「主詞（S）＋ 動詞（V）」→ 句子由主詞（subject）與不及物動詞（intransitive verb）組合完成語意之表達，其動詞即所謂不及物動詞，即動詞本身可以獨立完整表達語意，不需要加上受詞，例如：

Accident　　happens.
　主詞　　　　主詞

意外就是會發生。

2. 若說話者想詳細描述動作的發生頻率、地點或其他補充事項，則可以加上副詞、介系詞等等，但這並不影響其「主詞＋動詞」的句型結構，例如：

Accidents　always　happens.
　主詞　　　主詞　　　動詞

意外總是會發生。

The children　　play　　on the playground.
　主詞　　　　　動詞　　介系詞（表地方）

小孩們在操場上玩。

註：*不及物動詞沒有被動式，因為不及物動詞所表達的動作本身，是自發性發生的。*

第二大句型 S+ V+ SC

1. 「主詞（S）＋ 動詞 (V) ＋ 主詞補語（SC）」→ 句子由主詞（S）、動詞（V）、以及主詞補語（SC）傳達語意，此句型中的動詞為連綴動詞（linking verb）。連綴動詞不能單獨存在，必須搭配補語：

Anya　　　is　　　adorable.
主詞　　連綴動詞　主詞補語

安雅惹人疼愛。

解析 ：你可以想像主詞 Anya 就是補語 adorable 的人，主詞
跟補語要傳達的意思是相輔相成的，因此稱作「主詞補
語」。

2. 常見的連綴動詞有三類：

● 表達狀態的 be 動詞：is、am、are、was、were、seem、
appear

● 表達某狀態之變化：grow、become、get、turn、go

● 表達感覺的感官動詞（sense verb）：look、feel、
sound、taste、smell

解析 ：

連綴動詞之後須接主詞補語（**subject compliment**），用以
補充資訊，讓主詞的語意完整；若沒有補語，則很難清楚的表
達意思，例如：

He seems... 他看起來……。

The couple grows... 對夫妻……。

Mountains are... 山……。

上述的例句，是不是讓你覺得對方沒有把話說完？這是因為缺
少了「主詞補語」。主詞補語直接置於連綴動詞之後，通常為
「形容詞」或「名詞」，例如：

He seems tired. 他累了。

The couple grows closer together day by day. 這對夫妻的感情隨著時間越來越深厚。

Mountains are hills with rocks and trees. 山林就是山丘、岩石、樹木。

 ## 常見連綴動詞錯誤顯微鏡

Horses stand to sleep.（×）

Horses stand sleeping.（○）

Horses sleep standing up.（○）

馬站著睡。

解說 ▶▶ 不定詞（to ＋原形動詞）有表示"目的"的意識。Stand to sleep 意味著"站著為了睡覺"。用連綴動詞 stand 後接現在分詞 sleeping 表示事實。**sleep** 也可當成連綴動詞。

Do not play innocence with me（×）

Do not play innocent with me.（○）

不要跟我裝無辜。

解說 ▶▶ **play** 當連綴動詞，後要接形容詞當被省去的主詞 you 的補語。

第三大句型 S+V+O

1. 「主詞（**S**）＋ 動詞（**V**）＋ 直接受詞（**DO**）」→ 此句型中的動詞為及物動詞（transitive verb），及物動詞須加上受詞（object），語意才會完整，如：

Jimmy   told   a joke.
主詞   動詞   受詞（名詞）
吉米講了一個笑話。

2. 若說話者想詳細描述動作的發生頻率、地點或其他補充事項，則可以加上副詞、介系詞等等，但這並不影響其「主詞 ＋ 動詞 ＋ 受詞」的句型結構，如：

★ Jimmy   told   an interesting joke   last night.
    主詞   動詞   受詞（名詞）   副詞（表達時間）
    吉米昨晚講了一個有趣的笑話。

★ Travelers in Europe   usually   take   trains
        主詞   副詞（表頻率）   動詞   受詞

to their destinations.
介系詞片語（表達地點）
歐洲的旅行者通常會搭火車去他們的目的地。

第四大句型S+V+IO+DO

「主詞（**S**）+ 動詞（**V**）+ 間接受詞（**IO**）+ 直接受詞（**DO**）」
→ 此句型中的「動詞需要加兩個受詞」，才能完整語意，這類句子所要傳達的意思通常是某人為某人做某事，其中的某人以及某事，就是動詞的兩個受詞。

(My mom)	cooks	me	(breakfast)	every day.
主詞	動詞	間接受詞	直接受詞	時間副詞
（某人）			（某事）	

媽媽每天都幫我準備早餐。

解析

a 若中文來理解「做早餐給我」這句話，我們可以把這句話拆成：媽媽做早餐給我。

　也就是說，早餐跟我都是受詞，而其中「早餐」的語意跟動詞「做／煮」比較緊密，因此早餐為直接受詞，我則是間接受詞，在英文文法中也一樣 cook breakfast 的語意關係緊密，因此 breakfast 是 cook 的直接受詞，而間接受詞 me，則直接置於動詞之後。

b 間接受詞可以用「介系詞片語取代」，這時候直接受詞須直接置於動詞之後：

★ <u>My mom</u> <u>cooks</u> <u>breakfast</u> <u>for me</u> <u>every day</u>.
　　主詞　　動詞　　直接受詞　　間接受詞　　時間副詞
　　　　　　　（介系詞片語）

媽媽每天都幫我準備早餐。

★ <u>The author of the best-seller</u> (explain
　　　　主詞　　　　　　　　　　　動詞
　　　　　　　　　　　（介系詞片語）

<u>the rules for a happy life)</u> <u>to his readers</u>.
　　　直接受詞　　　　　　　　　　間接受詞

暢銷書的作者為讀者解釋快樂的方法。

第五大句型 S+V+O

1. 「主詞（**S**）＋ 動詞（**V**）＋ 直接受詞（**DO**）＋ 受詞補語（**OC**）」→此句型中的動詞須接受詞，為不及物動詞，這類動詞大部分要表達「使某人產生某種情緒」、「發現某件事情如何如何」，而其中的某種情緒、如何如何，用來補充說明受詞，為「受詞補語」，受詞補語通常置於直接受詞之後，通常是「名詞」或「形容詞」：

★ Eva's obsession with sanitation　drives　her husband
　　　　　　主詞　　　　　　　　　　動詞　　　受詞

　crazy.
　受詞補語

伊娃的潔癖要把她的丈夫逼瘋了。

★ Eva's husband　finds　the truth　unacceptable.
　　　主詞　　　　動詞　　受詞　　　受詞補語

伊娃的丈夫發現事實讓人難以接受。

這類動詞常見的用法：

● Helping other *makes* you happy.
助人為快樂之本。

● Miss Huang *catches* the student cheating.
黃老師抓到學生作弊。

● The mother *names* the new born baby Jessica.

母親將新生兒取名為潔西卡。

不定詞的用法(the to-infinitive form)：

Infinitive 不定詞，跟動名詞一樣，都可以當作名詞，扮演句子中主詞、受詞、或補語的腳色。Infinitive 的英文意思為 the basic form of a verb，也就是動詞的原形，不加上任何詞綴，不定詞的形式為 to open, to walk, to sing 等等，也就是所謂的「不定詞後面接原形動詞」。

1. 在形容詞之後，使用不定詞：

★ My parents must be pleased <u>to see their granddaughters.</u>

我的父母看到他們的孫女一定很開心。

★ The soup is too hot <u>to drink.</u>

湯太燙了難以入口。

2. 不定詞常置於抽象名詞之後，作為名詞補語（**Noun comple-ment**）：

Little Jeff's desire <u>to stay in an air-conditioned room</u> is impossible. His mom insists him going out.

123

小傑夫想要待在冷氣房的慾望是不可能的，他媽媽堅持要他出門。

★其他常見抽象名詞舉例：Plan（計畫）、decision（決定）、instruction（教學）、request（要求）、wish（希望）……等。

3. 不定詞與特定動詞連用：

forget（忘記）、help（幫助）、learn（學習）、want（想要）、choose（選擇）、 expect（預期）、 need（需要）、offer（提供）、agree（同意）、 encourage（鼓勵）、promise（承諾）、 allow（允許）、afford（買得起）、decide（決定）、refuse（拒絕）、mean（打算）

★You can never expect to learn a language in a few weeks.
千萬不要以為你可以在幾週內學好一個語言。

★A manager needs to take responsibility.
一位管理者需要承擔責任。

★The manufactures refuse to offer a discount even an early payment was made.
即使提早付款，供應商也拒絕提供任何折扣。

常見不定詞錯誤顯微鏡

Would you like taking a walk with me along the lake?
（×）

Would you like to take a walk with me along the lake?（○）

可以跟我沿著湖泊散步嗎？

解說 >> would like/would love 後只接不定詞。

I helped my mom mopped the floor yesterday.（×）
I helped my mom mop the floor yesterday.（○）
I helped my mom to mop the floor yesterday.（○）
我昨天幫我媽擦地。

解說 >> help 後的不定詞（to ＋原形動詞）to 可以省掉。

The scene in Taiwan is marv
elous.（×）
The scenery in Taiwan is marvelous.（○）
台灣風景令人讚嘆。

解說 >> begin/start/continue/hate/can't stand 後可以接
不定詞（to ＋原形動詞）或動名詞。

125

They continued met every month.（×）

They continued meeting every month.（○）

They continued to meet every month.（○）

他們繼續每個月會面。

解說 ▶▶ begin/start/continue/hate/can't stand 後可以接不定詞（to ＋原形動詞）或動名詞。

No parking any vehicles here.（×）

Do not park any vehicles here.（○）

禁止停放任何車輛。

解說 ▶▶ No parking any vehicles here. 此句無動詞，語法錯誤。應改為 There is no parking here!（這裡不准停車！）

動名詞V-ing的用法：

「動詞 + ing」的形式可作為本單元所描述之「動名詞」，也作為動詞時態中的「現在進行式」。

1. 動名詞即為名詞，可當作句子的主詞、主詞補語、受詞或受詞補語，例如：

★ <u>Seeing</u>　　<u>is</u>　　　<u>believing</u>.
　主詞　　　連綴動詞　　主詞補語
　眼見為憑。

2. 若動詞置於介系詞之後，則須將動詞型態改成 **V-ing**：

　★There is no shame in asking for help.
　　尋求幫助並不可恥。

　★Can you read without opening your eyes?
　　你可以在不張開眼睛的情況下閱讀嗎？

3. 動詞片語常由「動詞＋介系詞」組成，因此在下列動詞片語之後，也常接動名詞：

look forward to （期待）、 keep on（保持）、end up（結果）、be used to（習慣）

* *其中 **to**、**on**、 **up** 都為介系詞*

★Will Sam give up finding his true career?
　山姆會放棄找尋他的志業嗎？

★Ricky is used to going to the beach in the summer.
　瑞奇習慣在夏天時去海邊。

4. 在特定的片語 (expression) 之後，接動名詞 V-ing：

couldn't help （情不自禁）、be worth （值得）、can't stand（忍不住）、no use（沒用）

★It is worth trying.
　這是值得嘗試的。

★I can't help falling in love with the man.
　我情不自禁地愛上那個男人。

5. 在特定動詞之後，接動名詞 **V-ing**：

avoid（避免）、dislike（不喜歡）、enjoy（享受）、finish（完成）、mind（介意）、practice（練習）

★The girl enjoys talking to Mr. Feynmanbecause he is a good listener.

那位女孩很喜歡跟費曼先生說話，因為他是一位好的聽眾。

★The athlete practices running every day.

那位運動員每天練跑

常見動名詞錯誤顯微鏡

I enjoy to be with you.（×）

I enjoy being with you.（○）

我喜歡跟你在一起。

解說 >> enjoy + V-ing。

He spent all his life to fulfill his willing.（×）

He spent all his life fulfilling his willing.（○）

He spent all his life in fulfilling his willing.（○）

他花了一輩子來實現他的心願。

解說 >> spend...(in) +V-ing（花時間做某事，in 可省去）。

Some people never stop to flip their cell phones wherever they may be.（✕）

Some people never stop flipping their cell phones wherever they may be.（○）

Some people never stop flipping their cell phone wherever they may.（○）

有些人不論他們可能在哪，都在滑手機。

解說 ▶▶ stop ＋ V-ing 指「停止做……某事」。stop ＋ to V 則是指「停下來……做某事」。這句的滑手機的動作是持續的，使用 stop flipping 較為恰當。never stop 為主要動詞，後方子句的動詞要和其有一致性，因此要用 may，而非 may be。

If the door bell doesn't work, try to knock at the door.（✕）

If the door bell doesn't work, try knocking at the door.（○）

若門鈴壞了，你就敲門。

解說 ▶▶ try ＋動名詞＝做輕而易舉的事；try ＋不定詞＝企圖做。

使役動詞 (Causative verbs)

使役動詞表達事情的發生是說話者去「觸發」它發生的，而不是說話者親自去執行的，也就是說，當使用使役動詞時，就是要表達「某人指使某人做某事」的意思，所謂使役動詞，即是指 make、have、get、 let，中文翻譯為「讓、叫、使（某人）…做（某事）」。

使役動詞的文法架構：

1. 句型一：使役動詞多使用「動＋受＋動＋受」的句型，即「使役動詞＋受詞（人）＋ 原形動詞 ＋ 受詞（事）」，例如：

   I <u>make</u> <u>my brother</u> <u>do</u> <u>the laundry</u>.
   　　動　　　受　　　動　　　受
   我讓我弟洗衣服。

2. 句型二：使役動詞 **have**、**get** 也可以「使役動詞＋受詞（事）＋過去分詞（**past particle**）」的結構來表達：

   My brother <u>have</u> the toilet <u>repaired</u>.
   　　　　　　動　　　　　　受 **PP**
   我弟讓馬桶修好了。

使役動詞的語意解析：

雖然 make、have、get、 let 中文翻譯都是「讓、叫、使（某人）……做（某事）」，但是了解英文原文後，會發現他們有一些差異，例如：

1. **make** 強迫某人做某事，英文意思為 **to force somebody to do something**，句型為「使役動詞＋受詞（人）＋原形動詞＋受詞（事）」

   ★Joan's ex-boyfriend made her watch horror movies with him every weekend.
   喬安的前男友每個週末都逼她一起看恐怖電影。

   ★Joan makes her boyfriend pay for her credit card bill.
   喬安讓她的男友幫她付信用卡帳單。

2. **have** 某人希望某事能被完成，因此說了些理由，英文意思為 **give somebody the responsibility to do something**。例如媽媽說服男孩，身為家裡的一份子就要做家事，進而要求男孩做某件事，使用「使役動詞＋受詞（人）＋原形動詞＋受詞（事）」的句型：

   ★Mom always had me wash the dishes after dinner. But

she had Dad do nothing when he got home from work. That's not fair!

媽媽總是在晚餐後叫我洗碗,但是當爸爸下班回家,她卻不叫爸爸做任何事。不公平!

3. 「使役動詞+受詞(事)+過去分詞 (past particle)」的句型:

★Some of the singers have their teeth whitened before the world tour.

有些歌手在世界巡迴演唱會前做牙齒美白。

4. get 鼓勵或說服某人做某事,英文意思為 **encourage or convince somebody to do something.** 注意 get 的句型需要加上 **to**,「使役動詞+受詞(人)+ **to** +原形動詞+受詞(事)」的句型:

★Jonathan is not a fan of bizarre Asian food, but his friend got him to try the 1000-year egg last night.

強納森對奇異的亞洲食物沒什麼感想,但是他的朋友昨天讓他嘗試了皮蛋。

5. let 表達「允許某人做某事」或「允許某事發生」,英文意思為 allow somebody to do something or allow something to happen. 注意 **let** 的句型受詞可以是人或物,「使役動詞+受詞(人或物)+原形動詞+(受詞)」:

★Andy's mother never let <u>Andy</u> play video games.

安迪的媽媽從不讓他打遊戲。

★Just let <u>it</u> go!

就讓它過去吧。

*go 這邊作為不及物動詞，不需要加受詞。

> 註 1 ：有些動詞也能表達「讓、叫、使（某人）……做（某事）」的意思，但是不屬於使役動詞，因此在用法上需特別注意：

★Ricky <u>made</u> the whole family <u>go to a water park</u>.

瑞奇叫全家人到水上樂園玩。

★Ricky <u>forced</u> the whole family <u>to go to a water park</u>.

瑞奇強迫全家人到水上樂園玩。

*force 為一般動詞，常與不定詞 **to** 連用，常見句型為：**force somebody to do something**，強迫某人做某事。

> 註 2 ：使役動詞跟被動語態類似，但是使役動詞強調觸發動作的人，而被動語態則不強調觸發者，而是強調某件事是被完成的，請比較：

(a) Miss Knightly had her house painted.

奈特利小姐僱用人來為房子上油漆。

解析：從句中我們可以得知，房子油漆漆好了這件事情，是
奈特利小姐主動請某人幫忙完成的，她就是事件的觸
發者。

(b) Miss Knightly's house was painted.

奈特利小姐的房子油漆（被）漆好了。

解析：句中的意思，我們只知道房子被漆好了，但是不知道
是誰漆的，也不知道是奈特利小姐雇用的人、還是自
動自發的家人、或是過於友好的鄰居，這些均無法從
被動語態得知，因為被動語態不強調做事的人。

常見使役動詞錯誤顯微鏡

I can make myself understood when they speak Cantonese.（×）

I can make myself understood when speaking Cantonese.（○）

我說廣東話他們聽得懂。

I can make myself understand when they speak Cantonese.（○）

他們說廣東話我聽得懂。

解說 ▶▶ make 使役動詞＋動原形詞（省去 to 的不定詞）表主動；make 使役動詞 + pp 表被動。**make myself understood**，使我的……被了解；**make myself understand**，使我自己了解……。

I want to have this job to be done right away.（×）

I want to have this job done right away.（○）

I want to have someone do this job done right away.（○）

I want to get someone to do this job right away.（○）

I want to get this job done right away.（○）

I want to make this job done right away.（○）

I want to let this job be done right away.（○）

I want to get this job done right away（○）

我要這件工作立刻被作好。

解說 ▶▶ have/get 當使役動詞，後接動作接受者＋ pp；make 當使役動詞，後不接「物」；let/bid 當使役動詞，後接動作接受者＋ be ＋ pp。

單元練習

選擇題

(　) 1. Some insects will _____ to cheat their predators.

    A play dead

    B play death

    C play dread

(　) 2. I can't stand _____ for somebody in the hot sun. （選錯）

    A waiting

    B to wait

    C and wait

(　) 3. I'm sorry to _____ you waiting yesterday

    A keep

    B have kept

    C kept

(   ) 4. The man _____ the girl a bunch of red roses.

      A gives to

      B gives

      C gives for

(   ) 5. That _____.

      A smells

      B takes

      C appears

是非題

(   ) 1. Force John to do this job right away.

(   ) 2. Taipei 101 shopping mall is worth to visit.

(   ) 3. I'd love walking my bike to the mountain top right now.

(   ) 4. The class leader is happy to help the home teacher.

(   ) 5. Can you believe that Jae gives up going to college?

單元練習解析

1. A

有些昆蟲會裝死來騙牠們的天敵。

> **解說** play 當連綴動詞，後要接形容詞當主詞的補語，選項 (C) dread 為令人懼怕的之意，語意不符。

2. C

我無法忍受在大太陽下等人。

> **解說** begin/start/continue/hate/can't stand 後可以接不定詞（to ＋原形動詞）或動名詞。

3. B

很抱歉昨天讓你久等了。

> **解說** 不定詞後接完成式表示先前之事件。to have kept you waiting 發生在 I'm sorry 表示歉意之前。

4. B

男人給女孩一束紅玫瑰。

> **解說** 動詞 give（又稱授予動詞）後面須直接接間接受詞 the girl，再接直接受詞 a bunch of red roses。

5. A

那東西有味道。

解說 ▶▶ 這題考第一大句型 S + V 中不及物動詞的用法，
smells 不需要加受詞或是補語即可完整表達語意，而
appears 連綴動詞與 takes 一般動詞則須加上補語或
受詞才可表達完整語意。

是非題

1.（○）

強迫約翰立刻作這件工作。

> **解說** 有些動詞不是使役動詞，但容易被誤認為是使役動詞而誤用，如：force/allow/permit/order/want… 以不定詞當受詞補語，to 絕不能省去。

2.（×）

台北 101 值得參觀。

> **解說** be worth ＋動名詞＝值得

3.（×）

我想現在就牽我的腳踏車到山頂。

> **解說** would like/would love 後只接不定詞。

4.（○）

班長很開心能幫忙班級導師。

> **解說** 在形容詞後使用不定詞作為補語。

5.（○）

你相信杰他放棄升大學嗎？

> **解說** 特定片語 give up（放棄）後面接動名詞。

Chapter 5-2
動 詞 的 時 態
Verbal Tenses

✎ 動詞的時態1

學習英文時態的目的是要表達生活中各式各樣有趣的事件,而事件發生的時間點、時間長短在溝通中扮演了很重要的角色,在了解時態時需謹記 **2S** 原則,也就是情境(**Situation**)以及句型結構(**Structure**):

1. 情境(時間點、時間長短)

2. 表達時間的形式(句型結構以及動詞型態的變化)

> 註:動詞的形態(**verb form**)的變化是有目地的,在結構上的變化是原形動詞(**base form of verb**)加上詞綴或是助動詞,達成語意傳達的目的:

> a 動詞加上詞綴 **-s/-es** 以達成<u>第三人稱單數的主動詞一致性</u>(subject-verb agreement)。

> b 動詞加上詞綴 **-ed** 以<u>表達發生在過去的動作</u>。

c 動詞與助動詞（**has, have, had, will, won't**）<u>搭配表達事件</u>
<u>的時間點</u>。

3. 英文的時態總共有 **12** 種，用來傳達「事件發生的時間以及先後
順序」，例子以「芭芭拉在演練忘記陶德的生日的藉口」舉例：

	簡單式
現在	Barbara rehearses her excuse for forgetting Tad's birthday.
過去	Barbara rehearsed her excuse for forgetting Tad's birthday.
未來	Barbara will rehearse her excuse for forgetting Tad's birthday.
	進行式
現在	Barbara is rehearsing her excuse for forgetting Tad's birthday.
過去	Barbara was rehearsing her excuse for forgetting Tad's birthday.
未來	Barbara will be rehearsing her excuse for forgetting Tad's birthday.
	完成式
現在	Barbara has rehearsed her excuse for forgetting Tad's birthday.

過去	Barbarahad rehearsed her excuse for forgetting Tad's birthday.
未來	Barbara will have rehearsed her excuse for forgetting Tad's birthday.
	完成進行式
現在	Barbara has been rehearsing her excuse for forgetting Tad's birthday.
過去	Barbara had been rehearsing her excuse for forgetting Tad's birthday.
未來	Barbara will have been rehearsing her excuse for forgetting Tad's birthday.

動詞的時態2

第一講：表達現在的四種時態

(1) 現在式

1. 現在式的句型結構（**Structure**）：

現在式的動詞使用動詞原形如 take a walk（散步）、perform（表演）、criticize（批評），並需注意第三人稱單數時的變化，而使用 be 動詞也須注意主動詞的一致性。

★Tad and Barbara are affectionate.
陶德與芭芭拉情感豐沛。

★The old lady always takes a walk in the evening.
那位老太太總是在晚上時散步。

2. 現在式的使用情境（**Situation**）：

●重複發生的事：表示在過去、現在、未來都會一直發生，例如：你的習慣、上學或上班等例行性事物。

★Amy is careless. She always forgets her keys.
艾咪很不小心，她總是忘記她的鑰匙。

●你所認定的事情：事實、你相信的事情。

★Tad is an affectionate person.

陶德是位感情豐沛的人。

★Taipei is not a big city.

台北不是個大城市。

註：說話者所認定的事情，在過去、現在、未來都成立，即使大部分的人不這麼認為，對說話者來說還是事實，因此以說話者的角度出發，要使用現在式。

(2) 現在進行式

1. 現在進行式的句型結構 (Structure)：

現在進行式的動詞結構為「be ＋ 現在分詞 V-ing」：

★ The baby is blabbering.

小嬰兒說著只有他們懂的語言。

2. 現在進行式的使用情境 (Situation)：

ⅰ 表達現在正在進行，或是強調某件事現在沒有在進行，但卻是持續中的動作，或是不斷重複的事件，也就是時間副詞 now 的概念：

★ The kids are playing video games now.
孩子們正在玩電視遊戲。

★ They are not paying attention to their mothers.
他們沒有理會他們的媽媽。

★ The babe is always crying.
小嬰孩一直在哭鬧。

ii 時間副詞 now 的語意不是只有現在這一秒（at this exact second）之意，也有今天、這個月、今年、這一世紀的意思，若有些事需要較長的時間來完成，也可以使用現在進行事強調「事件的持續」：

★Jamie is studying to become a gynecologist.
潔咪念書的目的是要成為一位婦產科醫生。

2. 現在進行式不適用於瞬間動詞（**Non-continuous verbs**）：

當你想要表達某件事現在正在進行，並與時間副詞 now 連用時，要以現在式表達，因為「瞬間動詞不與進行式連用」：

★After hearing Amelia's story, I envy her now.
聽完艾蜜莉亞的故事後，我開始忌妒她了。

註：使用瞬間動詞的主詞通常不會一直持續這個動作，所以也不會用在進行式的時態中，瞬間動詞大約分成三類：

a 表達抽象事物的動詞 (Abstract verbs)：be（是）、want（想要）、 cost（花費）、seem（似乎）、need（需要）、care（擔心）、owe（欠）、 realize（領悟）、remember（記得）、understand（了解）。

b 表達擁有某事物的動詞 (Possession verbs)：possess（擁有）、own（擁有）、belong（屬於）。

c 表達情感的動詞 (Emotion verbs)：like（喜歡）、love（愛）、 hate（討厭）、dislike（不喜歡）、prefer（偏好）、fear（害怕）、 envy（忌妒）、mind（介意）。

(3) 現在完成式

1. 現在完成式的句型結構（**Structure**）：

★現在完成式的動詞結構為「has/have ＋過去分詞 past particle」，例如：

★William has updated his work report.

威廉已經更新了他的工作報告。

註：過去分詞（past particle），縮寫為 P.P.。

2. 現在完成式的使用情境（**Situation**）：

以下的例子都描述發生在現在之前的一段不確定的時間：

a 過去的事情／事實持續到現在，例如居住、結婚等狀態，從過去到現在都是成立的事實：

★Teresa has lived in Connecticut all her life.
泰瑞莎一輩子都在康涅狄格州生活。

b 過去發生的事情，但是很重要，並影響到現在的生活：

★Teresa isn't at home. I think she has gone swimming.
泰瑞莎不在家，我想她應該去游泳了。

c 講述過去的經驗：

★I have read Percy Jackson & the Olympians: The
Lightning Thief before.
我以前就讀過《波西傑克森：神火之賊》了。

d 描述隨時間變化的事物：

★My German has really improved since I joined a
language exchange group.
自從加入語言交換讀書會後，我的德語真的進步了。

e 描述成就：

★Most nations have achieved their democracy.
大部分的國家都是民主國家了。

註：現在完成式常與表達過去之不特定的時間點（**unspecific time expressions**）連用，例如：**ever**（至今）、**never**（從未）、 **once**（曾經）、**many times**（好幾次都這樣）, **several times**（好幾次都這樣）、**before**（以前）、**so far**（到目前為止）、**already**（已經）, **yet**（還沒、已經）。

(4) 現在完成進行式

1. 現在完成進行式的句型結構 (Structure)：

現在完成進行式的動詞結構為「has/have been ＋ 過去分詞 PP」：

★William has been working hard the whole year.
威廉一整年都認真工作。

2. 現在完成進行式的使用情境 (Situation)：

描述從過去開始（現在之前一段不特定時間），並持續到現在的事件，例如：

★The speaker has been lecturing for the last hour.
那位演講者在過去一小時都在授課。

3. 現在完成進行式常會跟時間副詞 **lately** 以及 **recently** 連用，表

達不久之前（**not long ago**）之意。

★Joe has been exercising lately.

喬最近都有在運動。

4. 現在完成進行式的問句：

現在完成進行式強調兩個重點：(1) 事件發生在現在之前；(2) 事件現在持續著，如果你去上班時發現同事黑眼圈很重，看起來兩眼無神，你可以這樣問：

★Have you been feeling alright?

你最近還好嗎？

由於你看到同事持續很累的狀態，因而估計他可能來公司前也處於這個狀態，於是使用現在完成進行式，以表達關心。但是要注意的是，如果問到如下例比較尷尬或是冒犯性的問題，而有可能會讓對方不高興的狀況發生時，就需要注意：

★Have you been eating a lot?

你最近吃得很好吧？

解析 ：說話者這麼問表示他覺得對方變胖了，並估計對方在之前吃的不錯。若對方很介意自己的身材的話，說話者的關心就被扭曲成暗示對方變胖了。

常見現在式時態錯誤顯微鏡

> Action speaks louder than words.（×）
> Actions speak louder than words.（○）
> 坐而言不如起而行。

解說 ▶▶ 為俚語。使用動詞現在式即可。根據牛津字典的解釋，action 可以是不可數名詞，也可當作是可數名詞。一般而言 action 做不可數時，是泛指一切的動作、行動。而這裡 action 複數型態表示，則有意指特定行動（指去做而非空談）的意思。

> Give me a call when father shall come back.（×）
> Give me a call when father comes back.（○）
> 老爸回來，就打電話給我。

解說 ▶▶ 表時間的連接詞時，後面動詞用簡單現在式代替未來式。

154

An old temple is standing on the top of the mountain. (×)

An old temple stands on the top of the mountain. (○)

古廟矗立在山頂上。

解說 ▶▶ 描述常態的事實用簡單現在式即可。

One class is consisting of thirty-two students only. (×)

One class consists of thirty-two students only. (○)

一班只有 32 位學生。

解說 ▶▶ 描述常態的事實用簡單現在式即可。用現在進行式 be 動詞＋ Ving 通常是用以表示現在正在發生的動作。

Just now all the students step out to see the dragon dance. (×)

Just now all the students are stepping out to see the dragon dance. (○)

所有的學生現在都出去看舞龍了。

解說 >> 時間副詞 now 表示動作正在進行，用現在進行式。

I have got up for one hour. (×)

I have been up for one hour. (○)

我已經起床一個小時了。

解說 >> 過去的事情持續到現在，用現在完成式。

A: Have you seen the movie?

B: Yes, I have seen it last Saturday. （×）

A: Have you seen the movie?

B: Yes, I saw it last Saturday. （○）

「你看過那部電影了嗎？」

「有，我上禮拜六看的。」

解說 ▶▶ 過去完成的事情用簡單過去式。

You drank, eh? May I see your driver's license?（×）

You have been drinking, eh? May I see your driver's license?（○）

有喝酒嗎？我可以看一下駕照嗎？

解說 ▶▶ 現在完成進行式表示「最近進行中的動作」。

I have never been out of Taiwan before I was twenty-eight.（×）

I had never been out of Taiwan before I was twenty-eight.（○）

28 歲前我從未離開過台灣。

解說 ▶▶ 描述過去的事件，從過去的某時，持續到某時，而這件事在那段時間都是事實，用過去完成式表達。28 歲前都沒有離開台灣的經驗，28 歲也是以前的事，故用過去完成式。

Listen! Someone speaks ill of you.（×）

Listen! Someone is speaking ill of you.（○）

你聽！有人在講你壞話。

解說 ▶▶ 要對方聽現在有人在說他壞話，時態用現在進行式。

第二講：表達過去的四種時態

(1) 過去式與過去完成式

1. 過去式與過去完成式的句型結構（**Structure**）：使用過去式時，其動詞須轉換成過去式動詞：

現在式動詞	過去式動詞
believe（相信）	believed
think （認為）	thought
forget （忘記）	forgot

註：過去式常與明確的過去時間點（specific time expressions）連用，例如：yesterday（昨天）、ten years ago（十年前）、 last weekend （上週末）、at that moment（那個時候）、when I was a kid （我小時候）、when I lived in Brazil （當我住在巴西時）等。

使用過去完成式時，其動詞需轉換成「**had** + 過去分詞 **PP**」：

過去式動詞	過去完成式動詞
believed （相信）	had believed
thought （認為）	had thought
forgot （忘記）	had forgotten
planed （計畫）	had planned

2. 過去式與過去完成式的使用情境（Situation）：過去式單純表達「發生在過去之前的事件」，而過去完成式用來表達「某件事情，在另一件事情之前，就已經被完成了」，例如：

★ Tad **believed** that his dearest wife, Barbara, **had planned** a surprise birthday party for him.
陶德認為他親愛的妻子芭芭拉已經為他準備好生日驚喜派對了。

解析：句中的意思就是陶德在認為有一個生日派對時，派對就已經被妻子規劃好了。完成式的重點為「事情的完成」，而過去完成式除了表達「事情的完成」也強調時間的先後順序，也就是「事情的完成在另一件事情之前」。

3. 描述過去的事件，從過去的某時，持續到某時，而這件事在那段時間都是事實：

★ When Grandpa died, he and Grandma had been married for nearly sixty years.
當爺爺過世時，他跟奶奶的婚姻已經持續了六十年。

(2) 過去完成進行式

1. 過去完成進行式的句型結構（Structure）：使用過去完成進行式時，其動詞須轉換成句型為「**had been** ＋現在分詞 **V-ing**」：

過去式動詞	過去完成進行式動詞
believed （相信）	Had been believing
thought （認為）	had been thinking
forgot （忘記）	had been forgetting
planed （計畫）	had been planning

2. 過去完成進行式的使用情境（**Situation**）：

描述過去的事件，從過去的某時，持續到某時，而事件的動作是持續進行的，須注意過去完成進行式，著重在進行而非完成：

★ When Tad picked up a phone call from a banquets servicer, he thought Barbara **had been** secretly **planning** a birthday party for him.
當陶德接到一通宴會服務的電話時，他猜想芭芭拉在祕密的幫他策畫生日派對。

解析 ：句子中表達陶德接到電話那個時間點，芭芭拉策畫派對的事已經在之前就進行著，而在接到電話時也還在進行，並未完成。當你用過去完成式時，你描述的事件，就好似在為你說的故事鋪陳背景，有了芭芭拉祕密進行的派對，陶德才會有驚喜，這樣想是不是有感受到背景鋪陳的力量呢？

(3) 過去進行式

過去進行式的句型結構（**Structure**）：

使用過去進行式時，其動詞須轉換成句型為「**was/were** + 現在分詞 **V-ing**」：

過去式動詞	過去進行式動詞
believed （相信）	was/were believing
thought （認為）	was/were thinking
forgot （忘記）	was/were forgetting
planed （計畫）	was/were planning
expect （期待）	was/were expecting

去進行式的使用情境（**Situation**）：

1. 過去進行式，描述某件事在過去的時間持續進行著：

★ Tad **was expecting** to have a special evening with Barbara on his birthday.
陶德期待生日時與芭芭拉度過一個特別的夜晚。

解析：我們不認識陶德，不知道他從什麼時候開始期待這件事情，但從時態上可以推測在生日之前，他很期待，可能三天前就開始期待了，這個期待的心情是持續的。

2. 過去進行式與時間副詞 constantly（不斷地）或 always（總是）連用時，有抱怨的意味：

★ Joseph was always complaining about his salary, which annoyed his wife.
喬瑟夫總是抱怨他的薪水不佳，這件事惹惱了他太太。

3. 用來描述你過去正在做的事情，被另一件事情打斷了：

★ Anne was taking a shower when the earthquake started.
當地震開始的時候，安正在洗澡。

4. 以多項過去的動作來鋪陳過去事件的背景：

★ When I walked into the restroom, several people were waiting in line, some were washing their hands, and a little girl was staring at me.
當我走進廁所時，很多人在排隊，有些人在洗手，而有一個小女孩在盯著我看。

常見的過去時態錯誤顯微鏡

A: Today is grandpa's birthday. B: Really? I don't know. (×)

A: Today is grandpa's birthday. B: Really? I didn't know. (○)

A：「今天是祖父的生日。」B：「真的嗎？我居然不知道。」

解說 現在已經知道了，不知道是過去的事，用簡單過去式。

When have you seen Jeremy Lin? (×)

When did you see Jeremy Lin? (○)

你什麼麼時候看到林書豪的？

解說 看到林書豪這個動作是過去的事，用簡單過去式即可。

I have left my hometown Toufen twenty years ago.
（×）

I left my hometown Toufen twenty years ago.（○）

20 年前，我離開了我的家鄉頭份。

解說 ▶▶ 描述過去的事，用簡單過去式即可。

My elementary teacher told us the sun rose in the
east.（×）

My elementary teacher told us the sun rose in the
east.（○）

我的小學老師告訴我們太陽是從東邊升起的。

解說 ▶▶ 描述過去的事，用簡單過去式即可。

I would rather you came tomorrow, but I'll spare
some time for you.（×）

I would rather you come tomorrow, but I'll spare
some time for you.（○）

我寧願你明天過來，但我還是會空一些時間給你。

解說 ▶▶ would rather V than V 寧願……，也不……。

Frank wishes he speaks French as well as you do.（×）

Frank wishes he spoke French as well as you do.（○）

Frank 希望他的法語講得跟你一樣好。

解說 ▶ wish 作「希望」解時，指但願某事已經發生或未發生，話說出來時事情已經發生了，但事與願違。過去式動詞在這是有假設意思的過去式，不是真正的過去式。Frank wishes he spoke French as well as you do. (But he didn't.)

It's about time you guys go to bed.（×）

It's about time you guys went to bed.（○）

差不多是你們上床睡覺的時間了。

解說 ▶ 過去式動詞在這是有假設意思的過去式，不是真正的過去式。

My grandpa has died for six years.（×）

My grandpa has died.（○）

My grandpa has been dead for six years.（○）

My grandpa died six years ago.（○）

我的祖父已過世了。

我的祖父已過世六年了。

我的祖父六年前過世了。

解說　▶　過去的事實或狀態持續到現在，用現在完成式表示。

I have graduated for two month.（×）

I have graduated.（○）

I graduated two months ago.（○）

我畢業兩個月了。

我畢業了。

我兩個月前畢業了。

解說　▶　過去的事實或狀態持續到現在，用現在完成式表示。

I watched TV at eight o'clock last night. (×)

I was watching TV at eight o'clock last night. (○)

我昨晚八點的時候在看電視。

解說 >> 過去的某一時刻正在做某事，用過去進行式表示。

When I was walking down the street, I found ten NT on the ground. (×)

I was walking down the street when I found ten NT on the ground. (○)

While I was walking down the street, I found ten NT on the ground. (○)

我走在路上的時候，在地上找到 10 元。

解說 >> 以過去的動作來鋪陳過去事件的背景，用過去進行式。

I was taking a bath when the earthquake was happening.（×）

I was taking a bath when the earthquake happened. （○）

地震發生時，我正在洗澡。

解說 ▶▶ 描述過去正在做的動作，被另一件事情打斷，用過去進行式。

第三講：表達未來的四種時態

(1) 未來式

1. 未來式的句型結構（**Structure**）：

使用未來式時，其動詞須轉換成句型為「**will** ＋原形動詞」或是「**be going to** ＋原形動詞」。

2. 未來式的使用情境（**Situation**）：

使用未來式來描述未來發生的事件，可以表示說話者對未來的個人意志（**voluntary action**），可能是期望、計畫或承諾，例如：

★ Will you come home for dinner tomorrow?
你明天會回家晚餐嗎？

★ The bridegroom promises that he will always love her, respect her, and cherish her in health and sickness.
新郎承諾不論健康或疾病，他會一直愛她、尊重她、珍惜她。

★ When George arrives tonight, we are going to go out for dinner at Yummy Food.

當喬治於今晚抵達時，我們將會去亞米餐廳用晚餐。

3. Will 表示對未來的想法；be going to 表示計畫：

用 will 表示未來時，表達說話者對未來的願望，強調的是希望未來發生某事的意願，而用 be going to 表示未來時，表達說話者已經計畫好的未來。請比較下列句子，第一句的她想去尼泊爾可能只是一個想法，而第二句的她要去尼泊爾已經計畫好何時要去、跟誰去了，對自己的未來十分有把握，例如：

★ She will take a trip to Nepal some day.
她有一天會去尼泊爾旅行。

★ She is going to take a trip to Nepal next month with my sister.
她下個月要跟我姐姐一起去尼泊爾旅行。

4. 現在進行式也可以表達未來明確的計畫：

★ Tim is visiting China at this summer.
提姆今年夏天要到中國旅遊。

(2) 未來完成式

1. 未來完成式的的句型結構（Structure）：

使用未來完成式時，其動詞須轉換成句型為「will + have + 過去分詞 PP」。

2. 未來完成式的使用情境（**Situation**）：描述未來的事件，若有兩個先後發生的事件，在未來裡先發生的事件用未來完成式，因為它跟後發生的事件比起來，已經完成了。未來完成式跟現在完成式概念是一樣的，只是描述的時間點一個在現在，一個在未來。例如：

★ The movie will start at 8. If you arrive at 8:30, the movie will have started.
電影將會在八點開始，如果你八點半才來，電影就先開始播放了。

★ By the end of the decades, the scientist will have invented a home robot for every family.
在本世紀結束前，科學家們就會發明適合每個家庭使用的家用機器人了。

3. 未來完成式描述我們預測已經發生的事情：

★ The professor will have already graded your report by now. Too late to change anything.
教授現在應該已經改好你的報告了，來不及改的。

4. 表示某件事情會在未來的某時完成：

★ I can go out with you tonight. I'll have finished my project by then.

我今天晚上可以跟你出去，那時候我就寫完我的報告了。

(3) 未來進行式

1. 未來進行式的的句型結構（**Structure**）：

使用未來完成進行式時，其動詞須轉換成句型為「**will ＋ be ＋**現在分詞 **V-ing**」 或是「**be going to ＋ be ＋**現在分詞 **V-ing**」。

2. 未來進行式的使用情境（**Situation**）：

a 表達未來的明確計畫

★ I will be having a test in Taipei this week.
這個週末我會在台北考試。

註：也可以用未來式 I will have a test in Taipei this week. 來表達，但是未來進行式 I will be having a test in Taipei this week. 表示出說話者對未來即將發生的事很有把握。

b 當你想要表達未來的兩個事件時，其中一個持續一段較長的

時間，一個較短，持續較長的事件使用未來進行式。

★ Reed will be studying at the library when Gamila came.

當潔米拉來的時候，禮德會在圖書館念書。

c 以詢問對方未來的行程來委婉表達自己的意願

★ Will you be using the car this evening?

你今天晚上要用車嗎？

註：說話者委婉鋪陳他想要借車的意願。

(4) 未來完成進行式

1. 未來完成進行式的的句型結構（**Structure**）：

使用未來完成進行式時，其動詞須轉換成句型為「will have been ＋現在分詞 V-ing」，或是「be going to have been ＋現在分詞 V-ing」。

2. 未來完成進行式的使用情境（**Situation**）：

a 跟現在完成進行式的語感相同，只是時間從現在改成未來。未來完成進行式描述從現在開始，並持續到未來的事件：

★ Greg will have been working for the government for forty years by the time he retire.

當格雷葛退休時，他就已經為政府工作四十年了。（格雷葛為政府工作這件事在退休這個時間點時，就已經完成了。）

註：未來完成進行式常與 for about two hours（大概兩小時、for fifteen years （持續十五年）、since last week（自從上星期）等表時間的副詞片語連用。

★ Leo is going to have been driving for over five days straight when we get to Seattle.
當我們抵達西雅圖時，李奧就已經持續開車五天了。（李奧開車這件事在抵達西雅圖時，就已經完成了。）

b 未來完成進行式表達未來事件的因果關係

★ Julia will be so sick when the Hot Dog Eating Competition is over because she will have been eating hot dogs for an hour.
茱莉亞在熱狗大胃王比賽結束時一定會很不舒服，因為她整整吃了一小時的熱狗。

註：副詞子句中不用未來式，因此使用現在式動詞 is。
例如：Julia will be so sick **when the Hot Dog Eating Competition is over** because she will have been eating hot dogs for an hour.

常見未來式錯誤顯微鏡

I'll call you, but I don't know when he comes back. （×）

I'll call you, but I don't know when he will come back. （○）

我會打電話給你，但我不知道他什麼時候會回來。

解說 ▶▶ 描述未來發生的動作，用簡單未來式即可。如果使用第一句中所寫的簡單現在式，則是說他已經到家了，但我不知道他已到家，這個與前面的時態相衝突，語意也不符。

單元練習

(　　) 1. How long have you _____ in Taiwan?

　　　Ⓐ arrived

　　　Ⓑ been

　　　Ⓒ are

(　　) 2. The land is belonging to the farmer.

　　　Ⓐ is belonging to

　　　Ⓑ was belonging to

　　　Ⓒ belongs to

(　　) 3. We _____ on your order at the moment.

　　　Ⓐ are working

　　　Ⓑ work on

　　　Ⓒ worked on

(　　) 4. My dad _____.（選錯）

　　　Ⓐ has retired for five years.

　　　Ⓑ has retired.

　　　Ⓒ retired five years ago.

(   ) 5. He _____ Hakka food.

     Ⓐ is loving

     Ⓑ is enjoying

     Ⓒ loves

是非題

(   ) 1. You will get a promotion when you will finish the project.

(   ) 2. The flower is smelling so sweet.

(   ) 3. I have been having this car for ten years.

(   ) 4. Ken has only seen that movie one time.

(   ) 5. Have you been to the Grand Canyon?

單元練習解析

選擇題

1. B

你在台灣已經待多久了？

解說 待在一個地方的經驗，用 have been。

2. C

這塊地是那位農夫所有。

解說 belong 是瞬間動詞，不會用在進行式中。

3. A

我們正在處理您的訂單。

解說 時間副詞 at the moment 表示此刻，用現在進行式。

4. A

我父親退休了。/ 我父親五年前退休了。

解說 (A) My dad has been retired for 5 years. 處於退休的狀態，不是一直在做 retire 這個動作。

5. C

他喜歡客家料理。

解說 ▶▶ love 是瞬間動詞，不會用在現在進行式中。

是非題

1. （×）

當你完成這個專案後，你會升職的。

解說 ▶▶ 在表達時間的副詞子句，when you will finish the project 中，不能有未來式，應改寫為 You will get a promotion when you finish the project.。

2. （×）

這朵花聞起來芳香怡人。

解說 ▶▶ 此處用現在進行式有表示花主動聞起來很香之意，但花不會有主動聞這個動作，而是人聞它，所以改成現在簡單式 The flower smells so sweet. 即可。

3. （×）

我已經擁有這台車十年了

解說 ▶▶ have 表達擁有之意，為瞬間動詞，不與現在進行式連用，應該寫成 I have had this car for ten years.

4. （○）

肯只看過那個電影一次。

> 解說 ▶▶ 使用現在完成式時，副詞的位置，放在助動詞 has 之後，動詞 seen 之前，表達「has only seen 只看過……」之意。

5. （○）

你曾去過大峽谷嗎？

> 解說 ▶▶ 表示待過或去過一個地方的經驗，用 have been to。

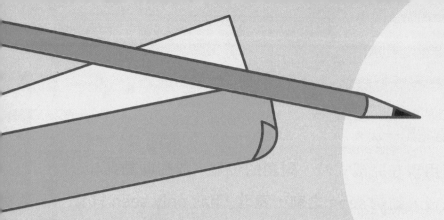

　　簡單來說，「形容詞」用來形容名詞、「副詞」用來形容「動詞」和「形容詞」，中英文都是如此，但形容詞和副詞位置要怎麼放才對？說到形容詞，比較級的規則和不規則變化你都搞懂了嗎？除了加 er，什麼時候加 ier？最高級又要怎麼變？和子音母音有關嗎？形容詞不規則的變化都記得了嗎？常見的形容詞和副詞錯誤都確實矯正回來了嗎？現在就翻開第六章《形容詞與副詞》與其中的《常見錯誤顯微鏡》單元，好好了解如何正確使用形容詞與副詞，並且避免錯誤吧！

Chapter 6 形容詞與副詞
Adjectives & Adverbs

- 形容詞

- 副詞

- 形容詞與副詞的加強語

- 比較級

- 最高級

- 形容詞與副詞的比較級、最高級

- 常見形容詞錯誤顯微鏡

- 單元練習

- 單元練習解析

Chapter 6

形容詞與副詞
Adjectives & Adverbs

形容詞

1. 形容詞用來修飾名詞，也就是用來限定（**qualify**）名詞所要涵蓋的意思，例如：

★ My uncle has a beautiful house.

叔叔有一棟漂亮的房子。

註：在一般動詞的句構中置於名詞之前。

★ My aunt seems upset.

舅媽似乎很煩躁。

註：在連綴動詞的句構中，置於連綴動詞之後。

★ Is there anything interesting in Mr. King's new column?

金先生的新專欄有什麼有趣的嗎？

註：置於不定代名詞之後，作後位修飾。

2. 當我們使用兩個或三個形容詞來形容一件事物時，大方向的描述（**general opinions**）會放在特定的描述（**specific opinions**）之前：

a 關於大方向與特定描述的分類：

大方向的描述	good、nice、lovely、wonderful、bad、awful、nasty、brilliant.
特定的描述	描述人：friendly（友善的）、clever（聰明的）、careless（不小心的）
	描述食物：delicious（美味的）、tasty（美味的）、creamy（含乳脂的）
	描述家具、或建築物：comfortable（舒適的）、uncomfortable（不舒適的）、furnished（附有家具的）

b 例句：

★ nice tasty steak 精緻美味的牛排

★ a lovely clever boy 可愛機靈的男孩

★ a beautiful young girl 美麗年輕的女孩

副詞

副詞用來修飾動詞，也就是用來描述一個動作是怎麼被執行的。

1. 副詞通常放在動詞之後，描述動作是如何發生的：

　a 表示舉止或態度的副詞：

　　★ The man drives **fast**.

　　男人車開得很快。

　b 表示地方的副詞：

　　★ Let's walk **back**.

　　我們走回去吧。

　　註：back 這邊指家、或是剛剛來之前的地方。

　　★ The woman searched **everywhere** for her wedding ring.

　　女人四處搜尋她的結婚戒指。

　c 表示時間的副詞：

　　★ Rick's birthday party starts **at nine**.

　　瑞克的生日派對九點開始。

　　★ Rick's brother **never** shows up at the party.

　　瑞克的哥哥從來沒出席過生日派對。

註：表達頻率的副詞 always、usually、often、sometimes、seldom、never 的位置在一般動詞之前。

d 表示程度的副詞：

★ The rebellious kid hates school very **much**.
那個叛逆的孩子非常討厭念書。

形容詞與副詞的加強語

形容詞與副詞也可以被修飾，也就是中文裡，「超級」、「很」、「非常」的意思，又稱為副詞加強語（**intensifier**），常見的修飾語為副詞有：really、very、quite、enough、too、so、almost、surely、highly、certainly、extremely、quite、extraordinarily。

★ That's **quite** an unusual outfit for a prom.
那套衣服對畢業舞會來說實在太奇特了。

★ Everyone was **very** thrilled.
每個人都非常興奮。

★ It's an **extremely** ridiculous excuse.
這真的是超級可笑的藉口。

比較級

當要比較兩種東西或事件，或是要比較兩種動作時，使用比較級，以下分別介紹：

1. 用來比喻兩個東西，或兩個動作一樣時，句型用「**as** ＋ 形容詞 ＋ **as**」來表達「與……一樣」的意思。

a 形容詞用法：

★ Paige is as happy as a lark.
佩姬興高采烈。

註：lark 為雲雀之意；as happy as a lark 跟雲雀一樣快樂。

b 副詞用法：

★ Pan drives as fast as a racer.
潘開車快得跟賽車手一樣。

2. 用來比喻兩個東西，或兩個動作，其中一個比較好、比較差、比較快時，句型用「比較級形容詞 ＋（**than**）」來表達「……比較……」的意思。

a 形容詞用法：

★ Paige is happier when she is not in a relationship.
佩姬單身時比較快樂。

b 副詞用法：

★ Pan drives faster than a racer.
潘開車比賽車手還要快。

最高級

當要描述某東西或某事件最突出時，使用最高級，句型為「the ＋
形容詞最高級」：

a 形容詞用法：

★ My brother is **the smartest** people I have ever seen.
我哥哥是我見過最聰明的人了。

★ Manny is **the tallest** of the class.
曼尼是班上最高的人。

b 副詞用法：

★ Linda speaks **the most politely** in the family.
琳達是家裡說話最有禮貌的。

★ It's surprising that the new employee works **the
most efficiently** in the company.
這位新人竟然全公司工作最有效率的，令人訝異。

形容詞與副詞的比較級、最高級：

1. 形容詞與副詞的比較級、最高級形成的規則：

		形容詞	形容詞比較級	形容詞最高級	解析
單音節	形容詞	short（矮）	shorter	shortest	比較級加上詞綴 –er 最高級加上 -est
		wise（有智慧的）	wiser	wisest	e 結尾的字詞： 比較級加上詞綴 –r 最高級加上 -st
		thin（瘦的）	thinner	thinnest	子音結尾的字詞： 重複字尾的字母，比較級加上詞綴 –er 最高級加上 -est
	副詞	fast（快速）	faster	fastest	比較級加上詞綴 –er 最高級加上 -est
		early（提早）	earlier	earliest	y 結尾的字詞： 去掉 y，比較級加上詞綴 –ier，最高級加上 -iest

雙音節	形容詞	generous（慷慨的）	more	the most	比較級在形容詞前加上 **more**，形成「**more ＋形容詞**」 最高級在形容詞前加上 **the most**，形成「**the most ＋形容詞**」
	副詞	quickly（快速地）	more quickly	the most quickly	

2. 形容詞與副詞的比較級、最高級的不規則變化：

不規則變化	形容詞	good（好）	better	best
		bad（壞）	worse	worst
		little（少）	less	least
	副詞	well（好）	better	best
		badly（壞）	worse	worst
		far（遠）	farther / further	farthest / furthest

常見形容詞錯誤顯微鏡

The steak we had today was very hard.（×）

The steak we had today was very stiff.（○）

我們今天吃的牛排很硬。

解說 ▶▶ 牛排的「硬」用 stiff；「嫩」用 tender。

No sooner had we moved from the river bed when the flood occurred.（×）

No sooner had we moved from the river bed than the flood occurred.（○）

我們一離開河床，河川就暴漲了。

解說 ▶▶ Sooner 為比較級，後接 than。

Jane is taller of the two girls.（×）

Jane is the taller of the two girls.（○）

兩個女孩中珍比較高。

解說 ▶▶ 兩者比較，句中有 of the two 時，雖是比較級，仍然要用 the，做為指定之意。

This factory consumes a great amount of raw materials.（×）

This factory consumes a great number of raw materials.（○）

這間工廠消耗很多原料。

解說 ▶▶ 多種的原料，表示可數，因此在這裡變為普通名詞，要用 a great number of ＋可數量詞；a great amount of 後加不可數名詞。

There is a few snow in Taiwan.（×）

There is little snow in Taiwan.（○）

臺灣不太下雪。

解說 ▶▶ snow 為不可數名詞，前要接 a little。

I have little money; I can give you some.（×）

I have a little money; I can give you some.（○）

我有一些錢可以給你。

解說 ▶▶ little money 指錢很少，甚至比預期的還少，因此不可能還有錢再給對方。使用 a little「一些」較為合理。

There are my several friends.（×）

There are several friends of mine.（○）

這裡有很多我的朋友。

解說 ▶▶ my 與 several 皆為冠詞不可連用，只能取其一。為了避免冠詞衝突，所以先說幾個朋友 (several friends)，後面再做形容，說明是我的朋友，以所有格代名詞 mine 來表示。

That was close.（○）

That was closed.（×）

那很近。

解說 ▶▶ 距離相近為 close；closed 做形容詞有關閉或封閉之意。這一句的中文意思要形容的是距離很近，所以應該用 close（形容詞），但若是要形容某家店那時候已經關了，則要以第 2 句來形容，但是 closed 在這裡不是形容詞，而是過去分詞，因為是被動式：be 動詞＋過去分詞 (be+p.p.)。

I'm breaking.（×）

I'm broken.（○）

我破產了。

解說 ▶▶ 破產的形容詞為 broken。

I want to buy every day necessities.（×）

I want to buy everyday necessities.（○）

我想買日用品。

解說 ▶▶ everyday 為形容詞，而 every day 則是副詞，在修飾名詞 (necessities) 的時候，用形容詞 everyday。

I don't have many money.（×）

I don't have a lot of money.（○）

我沒有很多錢。

解說 ▶▶ 錢不可數，形容詞不可用 many。形容錢有很多要用不可數的「much」。而 a lot of 這一個數量詞則可以與可數或是不可數名詞連用。其它與 a lot of 類似的數量詞還有 any，some，all，most 等。

A great amount of students volunteered for environmental projects. （×）

A great number of students volunteered for environmental projects. （○）

很多學生自願投入環境保護計畫。

解說 ▶▶ student 為可數名詞，前面加 a great number of。amount 通常是與不可數名詞，或是沒有生命的名詞連用。而 number 則是與可數名詞，無生命或是有生命的名詞連用。而這裡除了 student 是可數名詞之外，student（學生）為有生命的名詞，所以需以 number 形容，而非 amount。

My bicycle was covered with falling leaves. （×）

My bicycle was covered with fallen leaves. （○）

我的腳踏車被落葉所覆蓋。

解說 ▶▶ falling 現在分詞，表進行，指正在飄落的樹葉；fallen 過去分詞，表已經，指已經掉落的樹葉。在這一句中，還要考慮到時態與語意，前面說的是腳踏車已經被覆蓋，所以後面應以 fallen（過去分詞）來形容蓋在腳踏車上的樹葉。

單元練習

選擇題

( ) 1. Jane is _____ of the three girls.

    A tallest

    B the tallest

    C the talest

( ) 2. The movie is by far the _____ I've ever seen.

    A worse one

    B badly one

    C worst one

( ) 3. The man is still thinking why the interview _____.

    A ended abruptly

    B ended now

    C ended financially

(　) 4. It's _____ amazing.（選錯）

    Ａ absolutely

    Ｂ totally

    Ｃ entire

(　) 5. We took a train with _____ carts to Tibet.

    Ａ sleep

    Ｂ sleeping

    Ｃ slept

是非題

(　) 1. Let's try that Thailand food restaurant for a change.

(　) 2. This sushi doesn't very good smell.

(　) 3. Is there enough copies for everyone?

(　) 4. The girl is old enough to make her own decision.

(　) 5. We need three 40-feet containers to ship the goods.

單元練習解析

選擇題

1. B

三個女孩中珍最高。

解說 ▶ 三者以上，用最高級，最高級形容詞前要用 the。

2. C

那個電影是我目前為止看過最差的

解說 ▶ bad（*adj.*）差的；其最高級為「the worst」。

3. A

那個男人還在想為什麼面試會這樣急促的結束。

解說 ▶ abruptly（*adv.*）急促地；financially（*adv.*）財務上地。

4. C

這真的很棒。

解說 ▶ amazing（*adj.*）很棒的，形容詞之前可以用「加強語」作修飾，加強語為副詞，entire（*adj.*）為形容詞，改為 entirely（*adv.*）即可。

5. B

我們搭了有臥鋪的火車去西藏。

> 解說 >> sleeping（*adj.*），形容可供休憩的車廂。若使用
> sleep 或 slept 任一的選項，都會犯下雙動詞的錯誤，
> 因本句已經有 took 作為主要動詞。

是非題

1.（×）

我們來點變化，試試那家泰式料理餐廳吧。

> 解說 >> 餐廳無法嘗試，食物才行。

2.（×）

這個壽司聞起來很臭。

> 解說 >> smell 為連綴動詞，後接形容詞當作補語，句子應改
> 為：This sushi doesn't smell very good. 其他常見
> 連綴動詞為 be、sound、feel、become。

3.（○）

有足夠的複本給大家嗎？

> 解說 >> enough（*adj.*）足夠的，enough 形容詞與副詞同
> 形，在本句中為形容詞，修飾名詞 copy（*n.*）影本。

4.（○）

那個女孩夠大了可以為自己做決定。

解說 ▶▶ enough 在本句中為副詞，修飾形容詞 old（*adj.*）年紀大的。

5.（×）

我們需要四十英尺的貨櫃運送貨物。

解說 ▶▶ foot（*n.*）的複數為 feet。正確的句子為：We need three 40-foot containers to ship the goods.

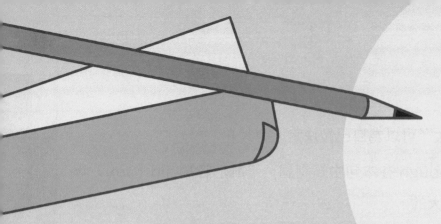

　　中西方的紅茶有什麼不一樣？為什麼英文不是「red tea」而是「black tea」？Porridge 和 Congee 中文翻譯都有個「粥」，但其實指的東西卻完全不同，你發現了嗎？這樣有趣的差異光靠直覺是不夠的，透徹了解背後的文化差異才能根除不求甚解的態度和錯誤啊。要如何快速掃描因為文化差異而造成的美麗錯誤呢？依靠功能強大的《英文文法顯微鏡》準沒錯！現在就翻開第七章《語言與文化的中西差異》，其中常見的錯誤分有「名詞類」、「食物類」、「動詞類」、「電話用語」和「社交場合的朋友介紹」，而你都有把握避開這些錯誤了嗎？

Chapter 7 語言與文化的中西差異
Cultural Differences in Languages

- 常見中西方文化差異錯誤顯微鏡

- 單元練習

- 單元練習解析

Chapter 7 語言與文化中西差異
Cultural Differences in Languages

學語言，不只是學單字、文法，還需要了解該語言的文化背景。語言與文化是息息相關的，以名詞來說，茶有很多種，試想如果有一個外國人跟你說他愛喝茶，你說你也愛喝茶，但是你們心目中的茶，是同一種茶嗎？

會有這個疑問，表示你也意識到語言跟文化的差異了，而這個差異可能會造成溝通上的詞不達意，中國人的茶有好幾種，除了基本的紅（black tea）、綠茶（green tea）或是烏龍茶（oolong tea），還有其他不同產地所發展出的特有茶。

這時你會發現，因為生活方式的差異，每個地方所發展出的文化出現了差異，各種文化所創造出來的語言也因此不同。中國的茶，如果只以 tea 來表示，就無法表示各種不同的茶類，因此在翻譯上，需要以音譯的方式呈現。

茶類名稱中英對照

龍井茶	Longjing Tea
碧螺春	Biluochun Tea
大紅袍	Big Hongpao Tea
普洱茶	Puer Tea
陳年普洱	Aged Puer Tea
臺灣桂花烏龍	Taiwan Cassia Oolong Tea
阿里山烏龍	Alishan Oolong Tea
日本煎茶	Japanese Green Tea
水果茶	Peach and Passion Fruit Tea

各地的飲茶文化不同，呈現出不同的生活方式（lifestyle），而各地調味茶的方式也不同，常見的有牛奶（milk）、糖（sugar）或是草本植物（herbs）；旅行時，到當地的超市逛逛茶類區，你會發現西方的茶類喜歡以水果調味，有各式各樣的水果類茶包，而在台灣的名勝區，你會看到很多以地理位置聞名的日月潭紅茶、阿里山烏龍、三峽碧螺春等等。

除了飲食習慣，語言與文化的差異也會反映在其他的生活習慣上，大至節慶，小至每天的瑣碎雜事；而反映在語言上就是特定的片語、特定的搭配詞。

常見中西方文化差異錯誤顯微鏡

名詞類：

A: What color do you prefer? B: Yellow color.（ × ）

A: What color do you prefer? B: Yellow.（ ○ ）

A：「你比較喜歡什麼顏色？」B：「黃色。」

解說 yellow 已充分表達黃色這個概念，不需要多此一舉加 color。

A: What color is your eyes? B: Black.（ × ）

A: What color are your eyes? B: Brown.（ ○ ）

A: What are the color of your eyes? B: Black.（ × ）

A: What is the color of your eyes? B: Brown.（ ○ ）

A：「你的眼睛是什麼顏色？」B：「黑色。」

A：「你的眼睛是什麼顏色？」B：「咖啡色。」

解說 What color are your eyes? = What is the color of your eyes? 每個人都有兩隻眼，以複數動詞表示；若是問句以顏色為主詞，則用 What is the color 表示。

John told me that he had three brothers.（×）

John told me that he had two brothers.（○）

約翰告訴我他家有三兄弟。

解說　第一句為「約翰告訴我他有三個兄弟。」，亦即他家連同約翰本人為四兄弟。但在中文解釋中，為他家有三兄弟，所以除了他之外，他應該有兩個兄弟，所以在英文中應選擇第二句方為正確。

The man robbed the woman's money.（×）

The man robbed the woman of her money.（○）

這個人搶了那個女人的錢。

解說　rob someone of something：從某人那邊搶走了某物。

在英文的慣用語中，rob 後接的一定是人或是地點（例如 house）而非物品，物品會接在 of 的後面。而與 rob 相反的用法則時 steal 這一個字，steal 後面接的是物品，而人或地則接在 from 後面，為 steal something from someone / some place。

食物類：

A: Coffee, or tea? B: Any one.（×）

A: Coffee, or tea? B: Either one.（○）

A：「要咖啡還是茶？」B：「都可以。」

解說 ▶▶ anyone 指任何人。either 任一個的。表達都可以時，用 either one。在這裡，還要特別說明一下 any 的用法。any 通常會用在否定句或是疑問句中，如果是肯定句，則多用 some。

I'll have a bowl of hot soup.（×）

I'll have a hot bowl of soup.（○）

我將會有一碗熱湯。

解說 ▶▶ hot 用來形容食物有辣的意思，hot soup 是指辣湯；hot bowl of soup 才是熱湯。

I'm not used to eating congee for breakfast.（×）

I'm not used to eating porridge for breakfast.（○）

我不習慣吃燕麥粥當早餐。

They like to take traditional Chinese porridge for breakfast.（×）

They like to take traditional Chinese congee for breakfast.（○）

他們喜歡吃傳統的中式稀飯當早餐。

解說 ▶▶ Porridge 指西式燕麥水或牛奶粥＝ hot cereal （美式）；congee 指 中式傳統稀飯

I'm rather thirsty; I'll like to have a lemon juice to start with.（×）

I'm rather thirsty; I'll like to have a lemonade to start with.（○）

我很渴，我要喝杯檸檬水。

解說 ▶▶ lemon juice 檸檬果汁；lemonade 檸檬水。

動詞類：

I cannot recommend her too highly.

不能過於推薦。（×）

極力推薦。（○）

我極力推薦她。

解說 否定助動詞 **cannot... too**（*adj./adv.*）指越……越好；太……也不為過。

Bring this man to the restroom.（×）

Take this man to the restroom.（○）

帶這個人去廁所。

解說 bring sth. to...：帶某「物」去……；take sb./sth. to...：帶某「人」、「物」去……。

A: What is this place?

B: You're in Toufen.（○）

A: Where am I?

B: You're in Toufen.（○）

A：「我現在在哪裡？」B：「你在頭份。」

解說 ▶ What is this place?（這是哪裡？）此處與 Where am I? 同義。

Eat this medicine after meals.（×）

Take this medicine after meals.（○）

飯後吃藥。

解說 ▶ take medicine 服藥。沒有 eat medicine 這個用法。

I have to eat the medicine three times a day.（×）

I have to take the medicine three times a day.（○）

我一天要吃三次藥。

解說 ▶ take medicine 服藥。沒有 eat medicine 這個用法。

I think he will not come.（×）

I don't think he will come.（○）

我想他不會來了。

解說 ▶▶ I don't think...：我不認為……；我沒想到……。

I hope him to get well soon.（×）

I expect him to get well soon.（○）

我希望他早日康復。

解說 ▶▶ hope 加受詞後，不能接不定詞（to ＋原形動詞）；
　　　　hope 直接加不定詞就可以，例如：

I hope him to come.（×）

I hope to come.（○）

I expect him to come.（○）

I hope him comes.（○）

我希望他來。

I'll be there after 20 minutes.（×）

I'll be there in 20 minutes.（○）

我二十分鐘後就到。

解說 ▶▶ in ＋時間，指一段時間之後。此處二十分鐘後到應
　　　　用 in 20 minutes。

電話用語

A: May I speak to Michael, please?

B: Yes, it is I speaking.

（×）

A: May I speak to Michael, please?

B: Yes, it is he speaking.

（○）

A：「我可以跟 Michael 講話嗎？」

B：「我就是，請說。」

解說 ▶ It is he speaking. ＝ It is him speaking. ＝ Michael（人名）speaking.

在英文慣用語法中，電話用語被認為是對著機器（電話）說話，且不清楚電話另一端是誰，所以普遍使用第三人稱。

社交場合的朋友介紹

Mom, please come and meet my friend. He is John.
（×）

Mom, please come and meet my friend. This is John.
（○）

媽，請妳過來見見我的朋友。這是約翰。

解說 ▶▶ 介紹他人時，應用 This is ＋人名。

單元練習

排序題

請填入數字 1-5，重新排列泡茶順序，若有步驟是多餘的請打 X。

	Let the tea steep by covering the teacup with the cozy to retain warmth.
	Preheat the teacup to prevent the boiled water from dropping in temperature when it is poured in.
	Boil the water.
	Boil the water again to reduce the oxygen levels in water for a better tasting te A
	Put the tea in the bottom of the cup.
	Pour the water over the tea.

是非題

( ) 1. Is he enough old to go to school?

( ) 2. What do you call this in English?

( ) 3. Sri Lanka also produces red tea.

( ) 4. A: She isn't your sister, is she?

B: Yes, she isn't.

( ) 5. A: What is your nationality?

B: America.

單元練習解析

排序題

5	Let the tea steep by covering the teacup with the cozy to retain warmth. 將杯蓋蓋上以保持泡茶的溫度。 *steep（v.）浸泡 *cozy（n.）杯蓋
2	Preheat the teacup to prevent the boiled water from dropping in temperature when it is poured in. 溫杯以防止滾水倒入杯中時降溫了。
1	Boil the water. 將水煮滾。
X	Boil the water again to reduce the oxygen levels in water for a better tasting tea 再次將水煮滾以減少水中的氧氣含量，這樣可以泡出更好喝的茶。 *水中的氧氣含量若減少，泡出來的茶味道較淡，因此不建議再次將水煮滾。
3	Put the tea in the bottom of the cup. 將茶葉放在杯中。
4	Pour the water over the tea. 將水倒入杯中，蓋過茶葉。

是非題

1.（✕）

他的年紀大得足以上學了嗎？

> **解說** 正確為 Is he old enough to go to school?；
>
> enough to 足以做……。

2.（○）

這個你用英文叫什麼？這個的英文叫什麼？這個的英文怎麼講？

> **解說** How do you call this in English? 則是錯誤用法。
>
> How 為「如何」的開頭問句。在詢問這個東西用英文
>
> 怎麼說時，可以用 What 或是 How 問句，但是搭配
>
> 的動詞卻不同，此句中的 What do you call this... 是
>
> 正確的，而 How 則是要搭配 say，即為 "How do
>
> you say it in English?" 方為正確。

3.（✕）

斯里蘭卡也出產紅茶。

> **解說** 正確為：Sri Lanka also produces black tea.；
>
> black tea 紅茶，沒有 red tea 這個用法。

4.（×）

A：「她不是你的姊姊，是吧？」B：「對，她不是。」

解說 ▶▶ 否定疑問句時，Yes/No 指的是事實，如果實際情形是
肯定的就答 Yes，否定的就答 No。

5.（×）

A：「你的國籍是什麼？」B：「美國。」

解說 ▶▶ 正確為：A: What is your nationality? B: American；
America 名詞，指美國；American 為名詞時，指美
國人。

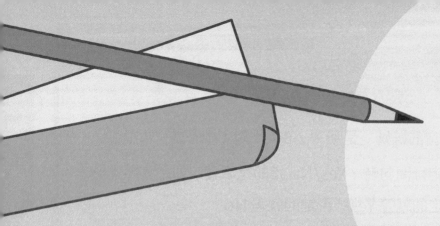

　　介系詞好像說多不多，但總是最讓人頭痛的問題，

in、on、of、at 怎麼用、何時用都搞清楚了嗎？什麼情

況用什麼介系詞有沒有規則可循？介系詞又和片語息息

相關，某些動詞後面該接什麼介系詞有時候可能無規則可

循，很麻煩吧！不如直接切入第八章《介系詞》的《常見

介系詞錯誤顯微鏡》單元，從多達 37 組以上的錯誤與正

確組合，考考你自己是不是能夠判斷錯誤的選項，並一邊

從解析中矯正錯誤的觀念，相信多次並且反覆練習後，必

能自然而然學會介系詞的用法！加油！

Chapter 8 介系詞
Prepositions

- 關於介系詞

- 表達時間的介系詞（Preposition for time）

- 表達地方的介系詞（Preposition for place）

- 表達動作方向的介系詞（Preposition for direction）

- 表達事情發生之原因、原動力的介系詞（Preposition for agent）

- 表達裝置應用的介系詞（Preposition for device）

- 常見介系詞錯誤顯微鏡

- 單元練習

- 單元練習解析

Chapter 8

介系詞
Prepositions

✎ 關於介系詞

1. 常見的介系詞為 in、at、on、by、with……等,它們的位置在「名詞之前」,不會獨立存在,也就是說,名詞 / 動名詞為介系詞的受詞。

2. 介系詞在句子中,扮演提供「詳細資訊」 的角色,以表示動作者與環境的關係,以文法上來說即是名詞與名詞間的關係:

3. 英文的介系詞總類很多,當有一字多義的情況時,很難一對一的翻譯,因此介系詞的語意需要看上下文或是情節來判斷。

4. 本單元的介系詞僅介紹出一些簡單常見的介系詞,並不囊括所有的介系詞。

	表達時間的介系詞 （preposition for time）
名詞與名詞間的關係、 動作者與環境的關係、 動作者與事件的關係	表達地點的介系詞 （preposition for place）
	表達方向的介系詞 （preposition for direction）
	表達原因、原動力的介系詞 （preposition for agent）
	表達裝置應用的介系詞 （preposition for device）

表達時間的介系詞
（Preposition for time）

1. in 表示一年中的月份、一年中的特定時節或季節、或是過去／現在／未來的某段時間，例如：

In	● in 1988 在民國七十七年 (西元 1988 年) ● in summer 在夏天 ● in May 在五月 ● in the second week of November 　在 11 月的第二週 ● in the stone age 在石器時代
例句	★ There are thirty days in September. 　九月份有三十天。 ★ Grandfather is getting forgetful in his old age. 　祖父年紀大了，變得健忘了。 ★ The weather in Sweden is lovely in summer, but extremely cold beyond belief in winter. 　瑞典的天氣夏天時十分地宜人，但在冬天卻是冷到一個不行。

2. on 表示星期、日期、特定的節日或紀念日等，例如：

on	● on Saturdays 在每個週六 ● on the fifth of August 在八月五日 ● on his birthday 在他生日那天
例句	★Students don't have to go to school on Sundays. 　學生們週日不用去上學。 ★The vow on the wedding day is so touching. 　婚禮上的誓言令人感動。

3. at 表示幾點幾分，或是一天中一段小時光，如午餐時間、夕陽下山時等，例如：

at	● at 11:30 PM 在晚上 11 時 30 分 ● at dawn/sunset 清晨／日落時分 ● at the end of the week 周末結束前
例句	★Mia goes to the gym at her lunchtime. 　蜜亞利用午休時間去健身房。 ★The ceremony will begin at 9 o'clock. 　儀式將會在九點開始。

表達地方的介系詞
（Preposition for place）

1. at 是一個「點」的概念，表示說話者在「一個地點的一個明確位置上」，例如：

at	● at the door 在門邊 ● at the bus stop 在公車站 ● at the meeting point 在會面點 ● at the corner of the Fifth Avenue 　在第五大道的街角
例句	★ he house is at the corner of the street. 　這棟房子在街道的轉角。 ★ People are having a party at Luke's. 　大家都在盧克的家開趴。

2. on 是一個「面」的概念，表示說話者在「一個延伸的平面空間上」，例如：

on	● on the table 在桌子上 ● on a plane 在飛機上 ● on the beach 在海灘 ● on the playground 在操場

例句	★People are playing volleyball on the beach. 人們在沙灘上打排球。 ★Please refer to the diagram on page 11. 請參考第十一頁的圖表。

3. In 是一個「空間」的概念，表示說話者在某一場所或建築物中的「空間」裡，例如：

in	● in Peru 在秘魯 ● in a mountain 在山裡 ● in a factory 在工廠 ● in the back yard 在後院
例句	★My father bought the sculpture in Vietnam. 我爸爸在越南買了那個雕像。 ★Is your bankbook in the drawer? 你的存摺在抽屜裡嗎？

註：以上介紹的介系詞片語 「in、at、on ＋地點」，最常當作「副詞」，置於句尾，表示「方向」或「空間」。

表達動作方向的介系詞
（Preposition for direction）

1. to 表示動作與目的地的關係，強調動作的終止點，也就是抵達的概念，例如：

to	● to France 到法國 ● to the office 到公司 ● to the ground 到地上
例句	★ Many leaves fall to the ground in autumn. 秋天時葉子掉落滿地。 ★ Chase walks to his office every day. 查斯每天走路去上班。

2. towards 表示即將動作進行的方向，用法跟 **to** 類似，但是 **towards** 強調動作的方向、而非終止點，例如：

towards	● towards the park 往公園去 ● towards the door 往門那邊 ● towards her back 面向她的背

例句	★ I saw Elliot walking towards the post office. 我看到艾略特正往郵局走去。 註：句子中只能傳達出艾略特往郵局走去，但是我們無反判斷他的目的地是否為郵局。 ★ Eason has his back toward me when he gets upset. 當伊森生氣時，他就會背對著我。

3. into 表示即將動作進入某處，亦強調動作的終止點，例如：

into	● into the cupboard（放）進食物櫃 ● into the river（跳進）河裡 ● into the city（進）城
例句	★ onathan jumps into the river. 強納森跳進河中。 ★ The family is driving into the water park. 這一家人開車進入水上樂園。

表達事情發生之原因、原動力的介系詞 （Preposition for agent）

1. by 用來表達事情如何發生的，或事情發生的原因，例如：某事由某人完成，例如：

by	● by Tiffany/her 由蒂芬妮／她……完成 ● by my teacher 由我的老師……完成 ● by the noise 因噪音而……
例句	★ The grammar book was written by our teacher. 這本文法書是我們的老師寫的。 ★ Tiffany was frightened by the big noise outside. 蒂芬妮被外面的喧鬧聲嚇到了。 ★ The man was hit by a bicycle. 那個男人被腳踏車撞到了。

表達裝置應用的介系詞（Preposition for device）

1. 用來傳達中文「搭乘……交通工具」 或 「用……裝置／設施」時可以使用 **by** 或是 **with**：

by	● by helicopter 搭乘直升機 ● by bus 搭公車 ● by train 搭火車 ● by plane 搭飛機 註：搭乘交通工具的句型為「by ＋交通工具名稱」，前面不加冠詞或定冠詞。
with	● ith a knife 用一把刀…… ● with salt 用鹽……
例句	★People traveled to Green Island by boat. 人們都搭船去綠島。 ★In the past, parents punished kids with sticks. 以前父母用棍棒來處罰孩子們。

註：還有一種介系詞它天生就是字串，也就是所謂的片語，又稱為介系詞片語（prepositional phrase），其用法跟單詞的介系詞一樣，要注意在使用片語時需讓它以群組的方式出現，例如：「look forward to」（期待），一字都不可以少；相關片語與例句如下：

look forward to 期待	I am looking forward to seeing you soon. 我很期待下次見到你。
agree with 同意	I can't agree with you more. 我很同意你的看法。
believe in 認同 / 相信	What can you do when no one believes in you? 當沒有人相信你的時候你該怎麼辦？

註：介系詞後面需接名詞或動名詞。

常見介系詞錯誤顯微鏡

We lack of ideas.（×）

We are lack ideas.（×）

We lack ideas.（○）

我們沒有任何想法。

解說 ▶▶ 在這一句中，lack 做動詞使用，第一句的 lack of 的 lack 應被視為是名詞，這一句缺少動詞。而第 2 句中的 lack 接在 be 動詞 are 的後面，做動詞時應該要加 ing，但是與語意不符，在這一句中比較像是在修飾 ideas，但 lack 不可做形容詞使用。所以第 3 句為正確的。

Can I trade my guns with your gold?（×）

Can I trade my guns for your gold?（○）

我能用我的槍交換你的黃金嗎？

解說 ▶▶ trade... for... 為片語，意思是用什麼東西來交換成某樣東西。而 trade with someone（與某人做交易），不會特別加入要交易的物品（僅會在後面的句子中另述）。

233

For Who the Bell Tolls is a novel written by Hemingway.（ ✕ ）

For Whom the Bell Tolls is a novel written by Hemingway.（ ○ ）

《戰地鐘聲》是海明威寫的小說。

解說 ▶ For Whom the Bell Tolls 為倒裝句；還原後為 The Bell Tolls for Whom. 因 whom 為受格，因此要用 whom，而不能用主格 who。

The singer is quite popular in the students.（ ✕ ）

The singer is quite popular with the students.（ ○ ）

這個歌手很受學生歡迎。

解說 ▶ with=among。在學生「間」受歡迎的意思。若用介系詞 in，則有這一位歌手是在這一群學生當中，或是是這一群學生的一員的意思，語意上是不正確的。所以要說是 with the students 或是 among the students。

He's on the desk.（×）

He's at the desk.（○）

他正在座位上。

解說 ➤ on the desk– 在書桌上，通常用來指稱物品擺放在桌面上，如果用來形容人，則為站在或是坐在桌面上，但這一句應該是指他在座位上，故用 at 方為恰當。

We usually take a nap on the desk during the break.（×）

We usually take a nap at the desk during the break.（○）

我們通常午休時會在座位上午睡。

解說 ➤ at the desk– 在座位上，人在座位上的時候，大部分的狀態為腳在桌面下，人坐在椅子上，at the desk 有在 desk 那一塊區域範圍之意，同上一題解釋，on the desk 是在桌面上，所以在指稱午睡時以 at the desk 為恰當。

You better go there on a cab. (×)

You better go there in a cab. (○)

你最好搭計程車去那裡。

> 解說 ▶▶ on a cab– 在計程車的車頂,如同電影中常見到的,
> 不小心將咖啡放在身邊的計程車車頂上,可以用 on
> the cab,但是搭乘計程車是進入車廂,所以應該用
> in the cab。

Let's get on the taxi. (×)

Let's get in the taxi. (○)

我們搭計程車吧。

> 解說 ▶▶ get on the taxi:爬上計程車車頂,搭乘計程車是坐
> 在車廂內,故用 get in the taxi。

Scientists are interested in finding the answer for that question.（×）

Scientists are interested in finding the answer to that question.（○）

科學家對找到那個問題的答案很有興趣。

解說 ▶▶ 問題的答案，在英文中不說是 answer for the question，也不說是 answer of the question，而是 answer to the question，為常見的文法格式，為慣用語。

Everything is taken care.（×）

Everything is taken care of.（○）

一切都就就緒了。

解說 ▶▶ be taken care of 指"萬事俱備"。take care of 一般是指照料某件事或是某人，而 take care（沒有 of），則是「請保重」、「好好照顧自己」的意思。在這一句中少了介系詞 of，則會有不同的句意，而第一句的語意並不正確。

My sister has no house which to live in.（×）

My sister has no house in which to live in.（○）

我的妹妹沒房子可住。

解說 ▶▶ 介詞（in）＋關係代名詞（which）＋不定詞（to live）＝形容詞片語。

I have no house of my own to live.（×）

I have no house of my own to live in.（○）

我沒有自己的房子可以住。

解說 ▶▶ live in＝居住……，介系詞 in 不可省略。

Freedom is worth fighting.（×）

Freedom is worth fighting for.（○）

自由值得去爭取。

解說 ▶▶ fight for＝爭取。

Use the exits shown below in case fire.（×）

Use the exits shown below in case of fire.（○）

萬一失火，使用以下所示逃生口。

解說 ▶▶ in case（萬一）＋子句；in case of（萬一）＋名詞。

I admire Mother Teresa's great love which she served people with.（×）

I admire Mother Teresa's great love with which she served people.（○）

我敬佩泰瑞莎修女用大愛服務人群。

解說 ▶▶ 介詞（with）＋關係代名詞（which）＝副詞片語。在現代的口語英文中，這類的句子常常會被省略掉介系詞，但在正式的寫作或是場合，應特別注意。這一句可以被拆解為是"I admire Mother Teresa."還有"She served people *WITH* her great love."，所以在關係代名詞 which 前不應該省略掉 with。

You'll be paid with the month.（×）

You'll be paid by the month.（○）

您將按月領薪。

解說 ▶▶ 按～計算：by ＋ the ＋ hour ／ pound ／ yard ／ mile，（以小時 / 磅 / 碼 / 英里計算）

This fire engine is superior than that one.（×）

This fire engine is superior to that one.（○）

這輛消防車比那輛好。

解說 ▶ be superior to（優於）／ be inferior to（劣於）／ be senior to（年長於）／ be junior to（年幼於）。than 前面通常是連形容詞的比較級，而 superior 的發音常會令人誤解，superior 是原級形容詞。但因為意思是 better，已經含有更……的意味了，所以沒有比較級和最高級的變化，一般會以 far superior 來形容「更加地好」的感覺。而 superior 後面加介系詞 to 以表示比什麼更好。

What do you usually have as breakfast?（×）

What do you usually have for breakfast?（○）

你早餐都吃什麼？

解說 ▶ has ／ have... for breakfast ／ lunch ／ dinner 為慣用語，介系詞固定用 for。

He is leaving to Hawaii.（×）

He is leaving Hawaii.（○）

He is leaving for Hawaii.（○）

He is leaving Taipei for Hawaii.（○）

他要離開夏威夷。

他要去夏威夷。

他要離開台北去夏威夷。

解說 ▶▶ leave... for... 指離開某地以前往某地，為片語，介
系詞固定用 for。

Give him a chair to sit.（×）

Give him a chair to sit on.（○）

給他一張椅子坐。

解說 ▶▶ sit on a chair ＝坐在椅子上。介系詞不可省略。

Good luck for every visitor.（ × ）

Good luck to every visitor.（ ○ ）

祝每位客人好運。

解說 ▶▶ good luck to ＝祝人好運，為慣用語。good luck 後可接 3 種介系詞，分別是 to someone（某人）， with something（某事或是某種場合）及 in an activity or time（在某種活動或是某段時間）。而這裡的受詞為 visitor，屬某人，所以用介系詞「to」。

Aunt is going to cook us a big dinner in Christmas Day.（ × ）

Aunt is going to cook us a big dinner on Christmas Day.（ ○ ）

姑媽將在耶誕節當天煮一頓大餐給我們吃。

解說 ▶▶ on ＋特定日，慣用語。有指明是在那一天，例如是 on Wednesday 或 是 on July 4th 等 等。 而 in 則 多用在與年份、月份或是每天的早、中、晚連用， 例 如 in 2016，in July，in the morning，in the afternoon 等。

On what degree on the Celsius scale is the same temperature as on the Fahrenheit?（×）

At what degree on the Celsius scale is the same temperature as on the Fahrenheit?（○）

攝氏幾度會跟華氏的溫度一樣？

解說 ▶ at + degree。

In what ground did you make your statement?（×）

On what ground did you make your statement?（○）

你是在何種立場下做出此言論？

解說 ▶ on + ground。ground 的原意為地面，所以一般用 on 這個介系詞來形容是在地面「上」，而不是用 in，用 in 則會有在地面內的感覺。

Do not throw a stone to the dog.（×）

Do not throw a stone at the dog.（○）

不要用石頭砸狗。

解說 ▶ throw ＋物＋ at ＝向～丟物；throw ＋物＋ to ＝把物丟給～。

The two countries are now in war.（×）

The two countries are now at war.（○）

兩國在交戰中。

解說 ▶▶ at war ╱ at work ╱ at play ＝在交戰／在工作／
在玩耍。

He is good in Japanese, but bad in English.（×）

He is good at Japanese, but bad at English.（○）

他精於日文，但拙於英文。

解說 ▶▶ good at ～＝精於～；bad at ～＝拙於～。用在指
稱「擅長」於某事物，會用 good at something。
如果更換介系詞成 in 的話，則沒有擅長的含意，而
會比較類似在這件事上的表現好，但不包含有擅長，
專精的意味。所以在形容擅長於某事時，要用介系詞
「at」。

The movie will begin from seven o'clock.（ ✕ ）
The movie will begin at seven o'clock.（ ○ ）
電影七點開始上映。

解說 ▶ at ＋時間。使用介系詞 from，則有從……時候開始的感覺。一般在形容某個特地的時間點上，會以「at」來形容，因為 at 有特指「某一點」的含意。

People start to work on sunrise, and start to rest on sunset.（ ✕ ）
People start to work at sunrise, and start to rest at sunset.（ ○ ）
人們日出而作，日落而息。

解說 ▶ 定點時間用 at：at noon（正午）／ at dusk（黃昏）／ at dawn（黎明）。

He lives in Chien Kang Road. （○）
He lives on Chien Kang Road. （○）
他住在健康路。

解說 ▶▶ on ＋街道。地址有門牌號碼用 at；地址沒有號碼，
美式用 on，英式用 in：

He flew to Hawaii in last month. （×）
He flew to Hawaii last month. （○）
他上個月飛去夏威夷。

解說 ▶▶ This ／ that ／ last ／ every 前面不加介系詞。

In Christmas Eve, we'll have a big dinner. （×）
On Christmas Eve, we'll have a big dinner. （○）
耶誕夜，我們會吃大餐。

解說 ▶▶ on Christmas Day. 耶誕節；at Christmas ＝ at
Christmas time ＝ 12/24-New Year 耶誕節期間

I'll probably just be on your way.（×）

I'll probably just be in your way.（○）

我可能會剛好阻礙到你。

解說 ▶▶ in your way 才有阻礙的意思。

He went to downtown to see a friend.（×）

He went downtown to see a friend.（○）

他進城去見一個朋友。

解說 ▶▶ go downtown：進城、去市中心。downtown 在英文中，一般指的是市中心，特別是指有許多購物中心的地區或是商業區，如果以台北市為例的話，那就是指信義區或是東區一帶。而與 go downtown 類似的說法還有 go home，在這裡 downtown 與 home 不是作為名詞，而是當副詞使用。go downtown 有往「downtown 的方向」走的意思。所以不需加介系詞。

I'll pay for the meal.（○）

I'll pay the bill.（○）

I'll pick up the tab.（○）

我付飯錢。

我買單。

我來付帳。

解說 ▶▶ 三句皆為正確。

This English center offers one-by-one teaching programs.（×）

This English center offers one-to-one teaching programs.（○）

英語中心提供一對一的教學課程。

解說 ▶▶ 一對一為 one-on-one。

When are you leaving to Hong Kong?（×）

When are you leaving for Hong Kong?（○）

你哪時啟程去香港？

解說 ▶▶ leave... for... 指離開某地以前往某地，為片語，介系詞固定用 for。

He usually goes to school late.（✕）

He is usually late for school. （○）

他上學經常遲到。

解說 ▶▶ 遲到要用 be late for。Go to school late 指出門上
學晚了。

I look forward to see you soon.（✕）

I look forward to seeing you soon.（○）

我期待盡快見到你。

解說 ▶▶ look forward to ＋ V-ing。

單元練習

填空題

at   on   of

1.He lives _____ 8, Chien Kang Road.

2.He is slow _____ singing, but quick _____ sporting.

3.It's considerate _____ you to walk me home.

4.We have no school _____ Friday afternoon.

5.Luke will be _____ home all night.

是非題

(　) 1. Carson was driving to the park. Then he stopped at a diner.

(　) 2. IThe farmer cut down the tree by an ax.

(　) 3. II'll be there in five minutes.

（　）4. IThe ship sailed at full speed.

（　）5. IYou can get here by the MRT.

單元練習解析

填空題

1. at/in

他住健康路 8 號。

解說　》　地址有門牌號碼用 at；地址沒有號碼，美式用 on，英
式用 in：

2. at

他不會唱歌，但很會運動。

解說　》　slow at ～＝遲鈍於～；quick at ～＝敏捷於～。

3. of

你真體貼，陪我走回家。

解說　》　be considerate of you 為慣用語指體貼，介系詞要用
of。

4. on

我們星期五下午不上學。

解說 ▶▶ on ＋特定日＋ morning ／ afternoon ／ evening。

5. at

盧克一整晚都會在家。

解說 ▶▶ at 表示說話者在一個明確地點。

是非題

1.（×）

卡爾森往公園開去，然後他停在一家小餐館。

解說 ▶▶ 介系詞 to 表示目的地，而句中的動作者只是看似要到公園，實則經過而已，因此使用表示方向不強調終止點的 towards。

2.（×）

農夫用斧頭砍樹。

解說 ▶▶ with an ax ＝ by using an ax。

3.（○）

我五分鐘後就到。

解說 ▶▶ in 指時間「過後」。

4.（○）

船隻全速進行。

解說 >> at ＋定時／定點。

5.（×）

您可以搭捷運到這裡。

解說 >> 搭捷運，美國用 by subway；英國用 by tube。MRT
＝ Mass Rapid Transportation（大眾便捷運輸）。

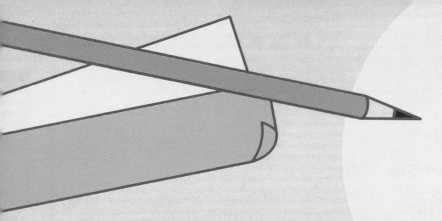

　　「連接詞」也是作文修辭的好幫手，連接詞用得對、用得巧，就能更快理解整篇文章的脈絡和邏輯，同時避免句子過於冗長的毛病。連接詞有分「對等連接詞」、「從屬連接詞」，為什麼稱「對等」、「從屬」你都知道了嗎？唯有深入理解兩者間的概念，才算真正懂得如何用得正確，進而區分「句子」和「子句」的差別。現在就翻開第九章《句子、子句、連接詞》和其中的《常見錯誤顯微鏡》單元，確實了解連接詞的正確用法與從屬連接詞的邏輯觀念，同時避免常見的錯誤！

Chapter 9 句子、子句、連接詞
Sentences, Clauses, Conjunctions

- 句子一定有主詞與動詞，並且能夠獨立完整表達語意

- 子句其實就是句子

- 連接詞

- 常見連接詞錯誤顯微鏡

- 單元練習

- 單元練習解析

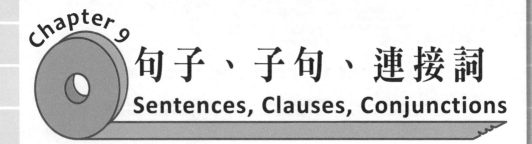

句子、子句、連接詞
Sentences, Clauses, Conjunctions

句子一定有主詞與動詞，並且能夠獨立
完整表達語意

例如：

★ The joke made my girlfriend laugh.
那個笑話讓我的女朋友笑了。

★ I figure out how to keep the relationship fresh when I
was in a shower.
當我洗澡的時候，我想出讓感情保鮮的方法了。

註：更多句子的規則請見 **CH** 五大句型單元。

子句其實就是句子

其差別在於子句是由連接詞所引導的、依附在另一個句子中來幫助語意的呈現的句子，例如：

★ ... <u>and</u> she has a decent job.

★ .... <u>when</u> I was in a shower.

★ <u>Because</u> he has a bad temper, ...

子句

常見的子句為形容詞子句、名詞子句、副詞子句，這些子句均可以扮演形容詞、名詞、副詞的功能，只是它們不像單字以及單字本身的詞性那麼簡單

★ delight *(n.)* 高興

★ delightful *(adj.)* 高興的

★ delightfully *(adv.)* 高興地

以下則針對在以關係代名詞所引導出的名詞子句、形容詞子句及副詞子句做介紹和比較。

名詞子句

名詞子句具有名詞的功能，可以當作句子中的主詞、受詞、或補語。

★ <u>What</u> **you said** hurt my feelings. （當主詞）
你說的話很傷人。

★ Do you realize <u>that</u> **your joke is not interesting but offensive**?（當動詞的受詞）
你有意識到你說的笑話不好笑反而冒犯人了嗎？

★ You should be responsible for <u>what</u> **you did**.（當介系詞的受詞）
你要為你自己做的事情負責任。
*for 為了，為介系詞。

形容詞子句

通常由關係代名詞引導有「形容詞功能」的子句，請見下列例句比較「形容詞」與「形容詞子句」，雖然兩者型態及位置不同，但是功能都是要來限定 / 描述到底是哪首歌：

★ Sean: The song is amazing.
Aubree: Which song?

Sean: The **new** song, the **beautiful** song, the song <u>that</u> **I told you this afternoon at the restaurant**.

西恩：那首歌很棒。

奧布麗：哪一首？

西恩：那首新歌、那首美妙的歌，那首我今天下午在餐廳跟你提到的那首。

副詞子句

副詞子句具有副詞的功能，用來修飾某件事情如何發生，表達事件發生的時間、地方、或條件，請見下列例子，一般來說「副詞」若無法確切表達時間點，則可以用「副詞子句」來詳細說明時間點：

★ Mom: Would you clean the bathroom?

Ryan: I will clean the bathroom *later*.

Mom: Can you clean it now?

Ryan: No, I will clean it *after* **the TV show is over**.

媽媽：你可以清掃浴室嗎？

萊恩：我晚點再清掃浴室。

媽媽：你可以現在掃嗎？

萊恩：不行，等電視播完我就去掃。

連接詞

連接詞 (conjunction) 在英文文法中是屬於人小鬼大的角色，它的功能像螺絲釘一樣，小小的可是卻能串連事件，包括句子、片語等等，而其目的是為了讓語言的表達順暢，並避免講話像機關槍一樣，呈現片段式的、不順暢的狀態，請比較下列例句：

★ Ken had a cold. He decided to see a doctor. He take a day off.

　肯感冒了。他決定去看醫生。他請了一天假。

★ Ken had a cold and decided to see a doctor, *so* he took his job off.

　肯感冒了並決定去看醫生，所以他請了一天假。

　　解析：連接詞 and 串聯相關的事件，而 so 則表示了句子間的因果關係，不僅讓語意順暢、也讓聽眾更能抓到語句的重點與前因後果。

260

1. 常見的連接詞為對等連接詞 (coordinating conjunctions)、從屬連接詞 (subordinating conjunctions)。

2. 對等連接詞不僅可以連接句子,也可以連接對等的片語,例如名詞與名詞。

對等連接詞

常見的對等連接詞 (coordinating conjunctions),其所連接的事件,是有同等重要性的。

1. and 和、與,串聯兩個相似事件,表達中文「也」的意思:

★Can Alley sing *and* dance?

艾利可以又唱又跳嗎?

2. 表達前後發生的事件,中文意近「然後」

★The crazy student walked into the gym *and* yelled at the teacher.

那個瘋狂的學生走進體育館然後對著老師大吼。

3. but 但是,yet 可是、卻,兩者均可以連結兩個相反的事件:

★Penny is that kind of girl who says one thing *but* does

another.

佩妮就是那種說一套做一套的女生。

4. for 因為，連結兩個有因果關係的事件，**for** 後面接某件事情的理由：

★Lily finds herself deep in debt *for* she uses her credit cards too often.

莉莉發現他欠了很多債，因為她太常用信用卡了。

5. so 因此，連結兩個有因果關係的事件，**so** 後面接某件事情發展的結果：

★Annie is still upset, *so* she went shopping to distract herself form that.

安妮仍然覺得不快，所以她去購物讓自己遠離那些不快。

6. or 或者、還是，連接兩個可供選擇的方案：

★You can choose to be honest *or* not.

你可以選擇是否要誠實。

★Would you like some tea *or* coffee?

你要來點咖啡或是茶嗎？

從屬連接詞

從屬連接詞（subordinating conjunctions）連接兩個句子，但是其中一個句子的資訊是用來補充說明主要句子的，又稱為子句，這類子句多為描述事件如何發生的副詞子句，分別由表示時間的、表達因果的、表達讓步的連接詞來引導。

1. 表示時間的連接詞

after	在……之後
before	在……之前
when	當某件事發生……
while	當某件事正在發生時……
until	直到……

這類連接詞用來表示事件發生的先後順序，請見下列例子：

★*Before* there was love and relationship, it's just me and books.

在戀愛開始之前，我總是跟書窩在一起。

註：若引導副詞子句的連接詞置於句首，則需使用逗號分隔兩個句子。

★*Until* I met Allen, my life changed. I fall madly in love with him.

直到我遇見艾倫，我的人生開始有了變化。我瘋狂地愛上他了。

★However, I started to think about if we are meant for each other *when* he claimed that he is unable to accept the idea of equality among men and women.

但是，當他表示他沒有辦法接受男女平等這件事實，我開始思考我們適合不適合。

註：若引導副詞子句的連接詞置於句中，則不需使用逗號分隔兩個句子。

★*While* I was thinking about breaking up, he proposed.

當我開始想著分手這件事時，他求婚了。

2. 表示因果的連接詞

because	因為
since	既然、因為、由於
so	所以

★I find Allen attractive *because* we are really alike.

艾倫對我來說很有魅力是因為我們很像。

★*Since* I am naturally attracted to those who share the same interest with me, opposite attract is not very true for me.

對我來說差異很大的伴侶並不好，我反而會自然地被跟我有相同興趣的人吸引。

★You asked me out for a date, *so* I am here now.
你約我出來，所以我就出現囉。

補充

because of 與 due to 亦能表達因果關係，但其詞性屬於介系詞，並不能當作連接詞引導子句，例如：

★Tina's success is largely *due to* her parents' help.
緹娜的成功大部分來自她父母的幫忙。

★Tina is happy *because of* her success.
因為緹娜成功了，她很開心。

★Tina is a lucky girl *because* her parents are rich and supportive.
緹娜是個幸運兒，因為她的父母既富有又支持孩子。

3. 表示讓步的連接詞

although	雖然；儘管
though	雖然；儘管

★Although/though my brother was wicked, <u>he often took care of me.</u>

雖然我哥哥很調皮，但他常照顧我。

★Although/Though she lied to me, <u>I was sure she did it</u>
<u>for my own sake.</u>

儘管她欺騙我，我知道她這麼做是為了我好。

解析

(1) although 跟 though 均表示「雖然」之意，可以互換使用，
但是 though 比較口語，而 although 較為正式。

(2) 其所引導的副詞子句，功能是要鋪陳背景，凸顯主要子句，
讓聽眾對說話者所陳述的事情感到驚訝。

(3) although 跟 though 雖表達「儘管 ...（但是）...」之意，
但是在英文中不可以與 but 連用，因為 although/though
已經表達過一次「儘管 ...（但是）...」之意，再用一次 but
則顯得冗贅，在文法上亦不正確。

(4) though 若當作副詞使用時用法相當於 nevertheless，可以
放在句中或句尾，修飾整個句子。

★ School and work were suspended due to the
typhoon, though, theaters are packed.

由於颱風的關係，學校跟公司都放假，儘管如此，戲院卻是
爆滿的。

常見連接詞錯誤顯微鏡

School was over, we went home.（×）

School was over, and we went home.（○）

School being over, we went home.（○）

School over, we went home.（○）

放學了，我們回家。

解說 ▶▶ 逗點不能連接兩個子句。加上連接詞或改為獨立分詞構句即可。分詞構句的 being 或 having been 可以省略。

The sun shone brightly on Taipei city, promised a hot day.（×）

The sun shone brightly on Taipei city, and promised a hot day.（○）

The sun shone brightly on Taipei city, promising a hot day.（○）

豔陽高照台北市，應許了個大熱天。

解說 ▶▶ 逗點不能連接兩個動作。加上連接詞或改為分詞構句即可。

I was enjoying my dinner, when he visited me. (×)

I was enjoying my dinner when he visited me. (○)

當他來找我的時候，我正在用晚餐。

解說 ▶▶ 引導副詞子句的連接詞 when 置於句中，則不需使用逗號分隔兩個句子。

The bad news had spread very fast, after disaster happened. (×)

The bad news had spread very fast after disaster happened. (○)

災難發生後，壞消息傳地非常快。

解說 ▶▶ 句中的 after 為引導副詞子句的連接詞，置於句中時，不需使用逗號分隔兩個句子。

單元練習

填空題

請將適合的連接詞填入空格中，若不需要連接詞，請填入 X

when because so though while and X

1.My unsociable sister enjoys spending her spare time alone _____ people might think she is a loser.

2._____ she goes to a music festival alone, her body sways to the music _____she even smiles at strangers.

3.She bumped into her high school teacher _____ she is heading to a secondhand bookshop.

4.She reads poetry _____ it can transform her world by encouraging her to see life differently.

5.She believes that even the most gorgeous people age, _____ she decides to become beautiful inside.

是非題

(   ) 1. Jack is interesting; he always makes people laugh.

(   ) 2. I wanted to go to the movies, or my sister refused.

(   ) 3. My husband is allergic to housework, so he help me
        do the laundry.

(   ) 4. When the phone rang my dog Lulu barked loudly.

(   ) 5. Let's be clam until the game is over.

單元練習解析

填空題

1. though

我那不愛交際的姐姐喜歡在她有空的時候獨處，儘管這讓別人覺得她很失敗。

2. When, and

當她獨自前往參加音樂節時，她的身體隨著節奏起舞，更對著陌生人微笑。

3. while

當她在前往二手書店的途中，她巧遇了她的高中老師。

4. because

她會讀詩，因為讀詩讓她看世界的角度不一樣了，更改變了她的生活。

5. so

她相信即使最美的人都會變老，所以她決定要培養自己的內在美。

是非題

1.（○）

傑克是個有趣的人，總是讓人笑開懷。

解說 分號等於 and。

2.（×）

我想去看電影，但是我姐姐不想去。

解說 or 為連接詞，但其連接表示方案 A 或是方案 B。句子需改寫為：I wanted to go to the movies, but my sister refused.

3.（×）

我先生極討厭做家事，可是他卻幫我洗衣服。

解說 so 為連接詞，連接兩個具有因果關係的句子。句子需改寫為 My husband is allergic to housework, yet he help me do the laundry.

4.（×）

當電話響時，我家的狗露露一直吠叫。

解說 副詞子句若置於句首，須加上逗號來隔開副詞子句與獨立子句，句子應改寫為 When the phone rang, my dog Lulu barked loudly.

5. （○）

我們先冷靜等遊戲結束。

解說 ▶▶ until 為連接詞，連接有先後順序的句子。

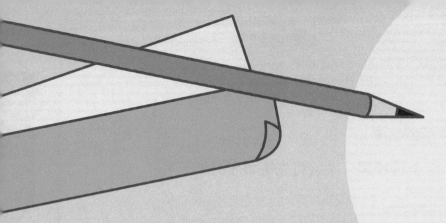

　　「關係代名詞」和「人稱代名詞」有異曲同工之妙，皆對作文上的修辭有不少的幫助，唯有高低段別之分：「人稱代名詞」的應用侷限在名詞；而「關係代名詞」不僅能取代名詞，還有連接詞的功用，功效相輔相成之下，文章更能顯得簡潔，功能如此強大，學會如何正確使用更顯得重要！而何時用 which、何時用 that ？兩者的差別在哪？ That 什麼時後可以省略？常見的關係代名詞錯誤你都有確實避開了嗎？以上都是第十章關係代名詞的關鍵課題，不可錯過。

Chapter 10 關係代名詞
Relative Pronouns

- 關係代名詞的功能

- 關係代名詞的形成

- 關係代名詞之限定用法與非限定用法

- 關係代名詞 that 的使用

- 常見關係代名詞錯誤顯微鏡

- 單元練習

- 單元練習解析

關係代名詞
Relative Pronouns

關係代名詞的功能

關係代名詞（relative pronoun），簡稱關代。為什麼需要關代呢？想像一下這個情境，當你跟朋友在逛夜市時，有一個女孩很吸引你的注意，你想跟你朋友說，但是你不認識她也不知道她的名字，這時候只能描述女孩明顯的特徵，她唯一的特徵是她在人群中吃著麻油雞津津有味的樣子，這時你可以這麼說：

★A girl is eating sesame oil chicken soup. I want to go talk to her.
有一個女孩正在吃麻油雞，我想要去認識她。

上面的兩句話，比較重要的事情放前面：I want to go talk to the girl...

使用關係代名詞 who 來代替前面提到的名詞 the girl，讓這個句型變得更簡潔：

★I want to go talk to the girl who is eating sesame oil chicken soup.

我想要去認識那位吃麻油雞的女孩。

解析：句中位置：放在名詞後面，補充說明某件事或某個人的詳細情形，而由關係代名詞所指稱的人或事物，稱作「先行詞」。

功能：簡單來說，關係代名詞具有代名詞以及連接詞的功能：

(1) 代名詞功能：用來代替前面提到的人事物。
(2) 連接詞功能，連接兩個句子，關係代名詞所引導的句子又稱為子句，關係代名詞可以當作子句的主詞或受詞。

關係代名詞的形成

假設我們要表達「這位就是惡霸，他昨天跑過來揍我」，由於惡霸是本句話的語意核心，幾乎每句話都會提到，在第二次提到時，使用代名詞代替重複提到的名詞。

★ This is the **bully. He** rushed to hit me yesterday.

若我們要讓句子更簡潔，使用關係代名詞，替代前面提過的名詞，

才不會給人說話一直重覆的感覺，可以將兩句話變成一句話，達成簡潔清楚的溝通目的。句子改寫成「這就是那個跑來揍我的惡霸。」

★ This is the **bully who** rushed to hit me.

轉換步驟：

1. 找出兩個句子中重覆的名詞：bully, he

2. 判斷兩個句中的所涵蓋的資訊，用語意豐富的句子來說明另一個較簡單的句子：(a)bully= (b)he rushed to hit me yesterday，用 (b) 來形容 (a)，因此 (b) 句屬於由關係代名詞所引導的子句。

3. 判斷先行詞的屬性 (見下表)：bully 屬於人，在 (b) 句中，擔任主詞的角色，因此關係代名詞選用代表主格以及人的 who 來連結兩個句子，形成形容詞子句 (c)，請見下列例句：

(a) ... bully
　　　先行詞

(b) ... he rushed to hit me yesterday.
　　　主詞

(c) This is the　bully　　who rushed to hit me.
　　　　　　　　先行詞　　關代 (主格)

4. 關係代名詞的分類

先行詞	人	事 / 物	人 / 事 / 物
主格	who	which	that
受格	whom	which	that
所有格	whose	whose	-

若我們要表達「這位是韓老師，你在去年的家長座談會見過她」，由於韓老師是本句話的主角，每句話都必須提到，在第二次提到時，使用代名詞代替重複提到的名詞。

★This is **Miss Han**. You met her at the parent-teacher conference last year.

若我們要讓句子更簡潔，使用關係代名詞做連接詞，將句子改寫成：

★This is **Miss Han whom** you met at the parent-teacher conference last year.

轉換步驟：

1. 找出兩個句子中重覆的名詞：Miss Han，her

2. 判斷兩個句中的所涵蓋的資訊，用語意豐富的句子來說明另一個較簡單的句子：(a)Miss Han= (b) you met her at parent-teacher conference last year，用 (b) 來形容 (a)，因此 (b) 句屬於由關係代名詞所引導的子句。

3. 判斷先行詞的屬性：Miss Han 屬於人，在 (b) 句中 her 為受詞，屬於受格，因此選擇 whom 作關係代名詞來連結兩個句子，形成形容詞子句 (c)，請見下列例句：

(a) ... Miss Han
　　　　先行詞

(b) ... you met her at the parent-teacher conference last
　　　　　　　　　　受詞
　year.

(c) This is Miss Han whom you met at the parent-teacher
　　　　　　先行詞　　關代（受格）
　conference last year.

註:當關係代名詞所替代的名詞為受格時，關代的位置一樣置於先行詞之後。

關係代名詞之限定用法與非限定用法

限定用法

(1) 了解限定用法之前，須先了解形容詞與名詞之關係：

以中文來看，下列片語由形容詞 + 名詞所組成，為名詞片語：
跑來揍我的惡霸

而在英文中，由關係代名詞來引導一個子句，而這個子句有形容詞的功能：

the bully *who rushed to hit me*

> 解析：bully 可以是全世界惡霸的代稱，但是後面「限定」了那個跑來揍我的那位，扮演了形容詞的角色，這就是一般所稱之「限定用法」。換句話說，限定用法的關係代名詞，其先行詞，在本句中為 bully，通常是不特定的人或事物。

(2) 限定用法的標點符號：由於形容詞必須直接修飾名詞，語意關係緊密，因此中間不需要用逗號隔開，以下兩個名詞片語，都在描述一位頑皮淘氣的小孩：

the wicked   child
　形容詞 ＋ 　名詞

the child   who has done something wicked
　名詞　　 ＋ 　具形容詞功能的子句

非限定用法

當先行詞為特定的人或事物時，不需要形容詞來限定其範圍時，關係代名詞所引導之子句的功能為「補充說明」。

★I don't know how to thank Mr. Reed, who taught me how to survive in a desert.
我不知道如何感謝禮德先生才好，他曾教我如何在沙漠中生存。

註：在非限定用法中，先行詞後一定要加上逗號，再連接子句。

限定用法與非限定用法之比較

1. 以說話者的立場來說，限定用法會影響語意的表達，如果把該子句拿掉，溝通便會失敗，而相反的是，非限定用法不會影響語意的表達，若將該子句拿掉，溝通並不會受到影響，若以身體器官來比喻，限定用法的重要等級如同肝臟一樣，拿掉了就少一個功能，而非限定用法等級如同盲腸，即使拿掉了，功能不受影響。

2. 例如有一天你吃到了一個起司蛋糕，它的配方有中筋麵粉、白糖、蛋黃、還有鮮奶油，你要指那一天用這些材料做的起司蛋糕時，你必須要用限定用法來形容那個特別的蛋糕，也就是說如果你沒有用形容詞子句來描述蛋糕時，你無法告訴別人到底是哪一個蛋糕：

★My favorite dessert is the cheesecake <u>which includes all-purpose flour, white sugar, egg yolks, and whipping creams.</u>

我最喜歡的甜點是起司蛋糕，它的原料是中筋麵粉、白糖、蛋黃、還有鮮奶油。

3. 但是如果你只是想說，你喜歡起司蛋糕，那種用中筋麵粉、白糖、蛋黃、還有鮮奶油做的，你只是補充說明你喜歡的蛋糕的原料，並沒有特定指哪一個、哪一家做的，則可以使用非限定用法來補充說明蛋糕的資訊：

★My favorite dessert is the cheesecake, <u>which includes all-purpose flour, white sugar, egg yolks, and whipping creams</u>.

✎ 關係代名詞that的使用

當先行詞是人或是東西時，基本上都可以使用關係代名詞 that，但是我們不能當 that 是萬能鑰匙，到哪裡都可以用：

1. 不能用於非限定用法，也就是說當你看到關係子句中有逗號時，則不可以使用 **that**：

 ★The router, **which** Ryder bought at a gadget store, was the latest product.
 萊德在電器行買的路由器是最近的產品。

2. 而在某些情況下，**that** 又擔任非他不可得必要角色：

3. 當句子中有最高級形容詞時，偏好使用 **that**

 ★That's **the dumbest excuse** that I have ever heard.
 這是我聽過最爛的藉口了

4. 當先行詞是「人＋事」的時候，偏好使用 **that**

★ **The "oughts" and "shoulds" and the people of his family** that I couldn't stand had already driven me nuts.
那些他們家讓我無法忍受的「一定要做的」、「應該要做的」的規則，還有他們家的人已經把我逼瘋了。

常見關係代名詞錯誤顯微鏡

This invention could detect an earthquake happened thousands of miles away. (×)
The invention could detect an earthquake that happened thousands of miles away. (○)
這項發明可以偵測到發生在數千哩外的地震。

解說 ▶ 此句若省略關係代名詞 that，句中會有 2 個動詞，即為 detect 與 happened，故不可省略 that。

My father who is a farmer tells us to learn to talk to frogs. (×)
My father, who is a farmer, tells us to learn to talk to frogs. (○)
我那當農夫的父親告訴我們要學習跟青蛙談話。

解說 ▶ 在關係代名詞前加逗號為「非限定」的用法，用於特指一個人或是一個特地的地方或是專有名詞。此句中 my father 應被視為是一特定的人，所以在補充說明時應該使用非限定用法。如果是以限定用法，該句意則會被認為是有 2 位以上的父親，但是為職業是農夫的那一位。

The city government plan to build public houses in that poor people can live.（×）

The city government plan to build public houses that poor people may live in.（○）

The city government plan to build public houses which poor people may live in.（○）

The city government plan to build public houses in which poor people may live.（○）

市政府計畫興建國宅讓窮人居住。

解說 ▶ 關係代名詞 that 前不可用介係詞。

All that glitter is not gold.（×）

All that glitters is not gold.（○）

金玉其外，敗絮其中。

解說 ▶ glitter 在這裡是做動詞，而 that 指稱單數（若為複數則應該用 those）所以動詞 glitter 為第三人稱單數應加 s。這一句出自於莎士比亞的劇作《威尼斯商人》。

In the world's girl-scout camping she made many friends, one of those is a Swedish. (×)

In the world's girl-scout camping she made many friends, one of whom is a Swedish. (○)

在一次世界女童軍露營大會裡，她結交了許多朋友，其中有一位是瑞典人。

解說 whom 是關係代名詞，才能連接兩個子句。介詞後只能用 whom。

She said sorry to the man from who she borrowed the book. (×)

She said sorry to the man from whom she borrowed the book. (○)

她向那位借她書的男士道歉。

解說 介詞後只能用 whom。

He's the mayor of Taipei which is the capital city of Taiwan.（×）

He's the mayor of Taipei, that is the capital city of Taiwan.（×）

He's the mayor of Taipei, which is the capital city of Taiwan.（○）

他是台灣首都台北市市長。

解說 ▶▶ Taipei 是 專 有 名 詞，要 用 "非 限 定 用 法"(non-restrictive use)，或 "補述用法"(continuative use)，關係代名詞之前必須有逗點，而且 which 不能用 that 替代。

The government lost ten billion dollars which is from the tax payers.（×）

The government lost ten billion dollars, which is from the tax payers.（○）

政府損失百億元，那是來自納稅人的錢。

解說 ▶▶ 百 億 元 是 詳 細 數 字，要 用 "非 限 定 用 法"(non-restrictive use)，或 "補述用法" (continuative use)，關係代名詞之前必須有逗點，而且 which 不能用 that 替代。

Mr. Lin is the man to who I want to give this gift.（×）
Mr. Lin is the man to whom I want to give this gift.
（○）
我想送禮的人是林先生。

解說 ▶▶ Mr. Lin 林先生在這句中會是送禮時的接送對象，所以被視為是受詞，所以這一句的關係代名詞要用 whom。

He graduated from Hsinchu Provincial High School
which is famous for its outstanding education.（×）
He graduated from Hsinchu Provincial High School,
that is famous for its outstanding education.（×）
He graduated from Hsinchu Provincial High School,
which is famous for its outstanding education.（○）
他畢業於新竹省中，該校以卓越的教育而聞名。

解說 ▶▶ 新竹省中是專有名詞，要用"非限定用法"(non-restrictive use)，或"補述用法"(continuative use)，關係代名詞之前必須有逗點，而且 which 不能用 that 替代。

The country which I spent my childhood is not far from Hsinchu.（×）

The country in which I spent my childhood is not far from Hsinchu.（○）

The country where I spent my childhood is not far from Hsinchu.（○）

我童年待的鄉鎮離新竹不遠。

解說 ▶▶ 這裡的 which 指的是 the country，不加 in 的話，the country 就成了主詞，跟之後的 I 產生主詞衝突，變成一個句子中有兩個主詞，原句應為 I spent my childhood in the country. 不能省略句中表示地點的 in，所以在關代 which 前應加 in。而第三句的 where 則是表示地點的關係副詞，所以不加 in。

Sunday is usually the day which we go to church. （×）

Sunday is usually the day on which we go to church. （○）

Sunday is usually the day when we go to church.（○）

Sunday is usually the day that we go to church.（○）

我們星期天通常都去教堂。

解說 ▶▶ 句中的 which 指的是 Sunday，不加介系詞 on，Sunday 就成了主詞，與 we 衝突，故不可省略 on。而第 3 句的 when 為關係副詞，用以表示時間。

Every year, they fly the national flag at half mask to commemorate the massacre happened during the First World War.（×）

Every year, they fly the national flag at half mask to commemorate the massacre that happened during the First World War.（○）

他們每年都降半旗來紀念第一次大戰時發生的屠殺。

解說 ▶▶ happened 若當分詞，則表被動，但 happen 沒有被動；happened 若當過去式，則少了一個關係代名詞當主詞，that 若當主詞，不能省去。

單元練習

合併句子

請使用關係代名詞，將下列句子合併成一句：

1. I had an aunt in China.

I inherited two houses from her.

_____

2. Peter works for a woman.

She used to be a nanny.

_____

3. Owen dropped a glass.

It was new.

_____

4. The typhoon is the strongest storm this year.

It brings fierce winds and torrential rain.

_____

5. My favorite character is Rayna from Spy.

She gives people anxiety by dramatizing every little things in life.

_____

是非題

(　) 1. I like to buy discounted products that is still in good quality.

(　) 2. Our next stop is Taipei which is the capital city of Taiwan.

(　) 3. They invited many friends and relatives to London where they had the wedding ceremony.

(　) 4. You are the last man I want to see.

(　) 5.　The girl who's hair is long is my classmate.

單元練習解析

合併句子解答

1. I had an aunt in China, from whom I inherited two houses from.

   我有一個在中國大陸的阿姨，我從她那繼承了兩棟房子。

2. Peter works for a woman who used to be a nanny.

   彼得為一個以前曾是保母的女人工作。

3. Owen dropped a glass that was new.

   歐文打破了一個新的玻璃杯。

4. The typhoon which brings fierce winds and torrential rain is the strongest storm this year.

   這個颱風帶來了強風豪雨，是今年最大的暴風雨。

5. My favorite character is Rayna, who always gives people anxiety by dramatizing every little things in life, from Spy.

   我最喜歡的角色是《麻辣間諜》中的雷娜，她總是把生活中小事誇張化並讓身邊的人都很焦慮。

是非題

1.（×）

我喜歡買那些品質仍不錯的折價品。

解析：在關係代名詞所引導的子句中，動詞需與先行詞一致。本句中先行詞 discounted products 為複數，動詞應該用 are。

2.（×）

我們的下一站是臺灣的首都臺北市。

解析：Taipei 是專有名詞，要用"非限定用法"(non-restrictive use)，或"補述用法"(continuative use)，關係代名詞之前必須有逗點。

3.（×）

他們邀請許多親朋好友去倫敦參加他們的婚禮。

解析：London是專有名詞，要用"非限定用法"(non-restrictive use)，或"補述用法"(continuative use)，關係副詞之前必須有逗點。句子應該改寫為 They invited many friends and relatives to London, where they had the wedding ceremony.

4.（○）

你是我最不想見的人。

> **解析**：亦可改寫為 You are the last man that I want to see. 這個句子中省略 that，因為 that 後面是接主格 I，故可以省略。

5.（×）

那位長頭髮的女孩是我的同學。

> **解析**：句子應該寫為 The girl whose hair is long is my classmate. who's 和 whose 的發音類似，所以易造成混淆，whose 是 who 這一個代名詞的所有格，而 who's 則是 who is 或是 who has 的縮寫。

英語學習—生活・文法・考用—

定價：NT$369元/K$115元
規格：320頁/17＊23cm/MP3

定價：NT$380元/HK$119元
規格：320頁/17＊23cm/MP3

定價：NT$349元/HK$109元
規格：352頁/17＊23cm

定價：NT$380元/HK$119元
規格：288頁/17＊23cm/MP3

定價：NT$329元/HK$103元
規格：352頁/17＊23cm

定價：NT$349元/HK$109元
規格：304頁/17＊23cm

定價：NT$380元/HK$119元
規格：352頁/17＊23cm

定價：NT$369元/HK$115元
規格：304頁/17＊23cm/MP3

定價：NT$380元/HK$119元
規格：304頁/17＊23cm/MP3

英語學習—職場系列—

定價：NT$349元/HK$109元
規格：320頁/17＊23cm

定價：NT$360元/HK$113元
規格：328頁/17＊23cm

定價：NT$349元/HK$109元
規格：304頁/17＊23cm

定價：NT$360元/HK$113元
規格：320頁/17＊23cm

定價：NT$369元/HK$115元
規格：312頁/17＊23cm/MP3

定價：NT$369元/HK$115元
規格：320頁/17＊23cm

定價：NT$360元/HK$113元
規格：288頁/17＊23cm/MP3

定價：NT$329元/HK$103元
規格：304頁/17＊23cm

定價：NT$369元/HK$115元
規格：328頁/17＊23cm/MP3

Leader 031

英文文法顯微鏡

鎖定 10 大易犯錯誤＆易混淆語法，「放大檢視」＋「矯正」文法概念

作　　者	羅展明、趙婉君
發 行 人	周瑞德
執行總監	齊心瑀
企劃編輯	徐瑞璞
執行編輯	陳欣慧、饒美君
校　　對	陳韋佑、魏于婷
封面構成	高鍾琪

內頁構成	華漢電腦排版有限公司
印　　製	大亞彩色印刷製版股份有限公司
初　　版	2015 年 11 月
定　　價	新台幣 369 元
出　　版	力得文化
電　　話	(02) 2351-2007
傳　　真	(02) 2351-0887
地　　址	100 台北市中正區福州街 1 號 10 樓之 2
E - m a i l	best.books.service@gmail.com
網　　址	www.bestbookstw.com

港澳地區總經銷	泛華發行代理有限公司
地　　　址	香港新界將軍澳工業邨駿昌街 7 號 2 樓
電　　　話	(852) 2798-2323
傳　　　真	(852) 2796-5471

國家圖書館出版品預行編目資料

英文文法顯微鏡：鎖定 10 大易犯錯＆易混淆語法，
「放大檢視」＋「矯正」文法概念 / 羅展明，趙婉君
著.-- 初版.-- 臺北市：力得文化，2015.11
　面 ；　公分. -- (Leader ; 31)
ISBN 978-986-92398-0-6 (平裝)

1.英語 2.語法

805.16　　　　　　　　　　　104021833